LA PRINCESA REBELDE
MICHELLE SMART

Editado por Harlequin Ibérica.
Una división de HarperCollins Ibérica, S.A.
Núñez de Balboa, 56
28001 Madrid

© 2016 Michelle Smart
© 2017 Harlequin Ibérica, una división de HarperCollins Ibérica, S.A.
La princesa rebelde, n.º 2590 - 13.12.17
Título original: Claiming His Christmas Consequence
Publicada originalmente por Mills & Boon®, Ltd., Londres.

I.S.B.N.: 978-84-9170-125-5
Depósito legal: M-28122-2017
Impresión en CPI (Barcelona)
Fecha impresion para Argentina: 11.6.18
Distribuidor exclusivo para España: LOGISTA
Distribuidores para México: CODIPLYRSA y Despacho Flores
Distribuidores para Argentina: Interior, DGP, S.A. Alvarado 2118.
Cap. Fed./Buenos Aires y Gran Buenos Aires, VACCARO HNOS.

Capítulo 1

HAS HECHO bien rompiendo tu compromiso –le dijo Nathaniel Giroud en voz baja, y con un gesto de la cabeza señaló la pista de baile donde el príncipe Helios y su novia disfrutaban del baile–. Helios te habría hecho muy infeliz.

La princesa Catalina Fernández bebió de su copa de champán.

–¿Cómo puedes estar tan seguro?

–No hay química –hizo una pausa y añadió–: Nada que se parezca a lo que hay entre tú y yo.

Catalina hizo un movimiento con la barbilla antes de apartar la silla de la mesa a la que estaban sentados ellos solos, y el movimiento provocó un sensual soplo de perfume. Ojalá pudiera olerla entera.

–No podemos tener esta conversación –le contestó–. Lo que sugieres es imposible.

Él puso su mano sobre la de ella antes de que pudiera levantarse.

–¿Por qué es imposible?

–Lo sabes muy bien –deslizó la mano de debajo de la suya–. Debo reservarme para mi esposo. Mi pureza será un regalo para él.

–¿Un regalo?

El concepto era tan ridículo que casi le hizo reír, pero no era cuestión de risa. Pensó en el hermano de Catalina, heredero al trono de Monte Cleure, acostándose con mujeres por media Europa con el beneplácito de su padre, sin privarse de ninguno de los placeres hedonistas que le negaría a su hermana por el mero hecho de haber nacido mujer.

Ahora Helios la había dejado plantada, dijeran lo que dijesen para encubrirlo en el comunicado oficial de prensa, y los rumores apuntaban a que Catalina se había prometido con un duque sueco madurito. Seducirla no le planteaba a Nathaniel dilema alguno. Catalina lo deseaba. Él lo sabía y ella, también.

—Es decir, que solo eres una posesión.

La confusión enturbió sus ojos oscuros.

—¿Es eso lo que quieres decir? —continuó él—. ¿Que no puedes decidir sobre tu propio cuerpo? ¿Que solo eres un recipiente para la próxima generación?

—No es eso. Es que soy una princesa, y esta es mi vida. He nacido para ello.

—También eres una mujer.

Nathaniel se acercó un poco, rozándole un brazo, ejecutando un movimiento más para la caza.

La princesa Catalina había sido criada apartada de las demás mujeres. Que tenía clase y elegancia no hacía falta ni decirlo. Alta, de cabello negro azabache, con unos ojos de mirada sensual y del color del chocolate derretido, tenía una piel que parecía no haber visto jamás la luz del sol, de un brillo satinado y claro, como de alabastro. Aquella noche llevaba un vestido de color salmón hasta la rodilla que realzaba sus generosos senos y su pequeña cintura sin dejar al descubierto ni un centímetro más de lo necesario. Tenía el pelo recogido en un moño en lo alto de la cabeza, y todo su aspecto recordaba el glamour de los años sesenta. Era un look que solo ella podía llevar y estar tan guapa.

—Tu primera vez debería ser especial. Debería ser con un hombre que te adorara y que pudiera cuidar de ti, y no con un aristócrata de sangre fría que se limitara a cumplir con su deber.

—Yo también soy una aristócrata —replicó ella, y el mismo temblor que notaba en su delicioso cuerpo vibraba en su voz.

—Ah, pero tú eres distinta. Bajo ese gélido exterior, bulle una sangre de lava.

El duque sueco iba directo a su mesa, y Nathaniel se levantó.

—El que dicen que va a ser tu prometido viene hacia acá. Sospecho que va a pedirte que bailes con él.

Se volvió a mirar al envejecido duque.

—No es mi prometido —respiró hondo—. Todavía no.

—Entonces, nada te impide bailar conmigo —dijo él, tendiéndole la mano con la palma hacia arriba.

—Mi hermano me dijo que te mantuviera lejos de mí.

«Seguro que sí».

—¿Y siempre haces lo que te dice tu hermano?

—Sí.

—¿Quieres hacer siempre lo que te digan? —insistió en voz baja, alzando las cejas.

Ella movió mínimamente la cabeza para decir que no. El duque estaba a unos pasos de distancia. De pronto alargó la mano para tomar la de Nathaniel y se levantó con un movimiento lleno de gracia.

—Solo un baile.

Él hizo una leva inclinación.

Con un baile le bastaría, y la condujo a la pista de baile dejando al duque rascándose la cada vez más monda cabeza.

Cuando encontró un sitio, retuvo su mano en la suya, la atrajo hacia sí para rodearle la cintura y posar la mano justo por encima del borde de su vestido, directamente sobre la piel. Tenía la misma textura que la seda.

Encajaba en sus brazos a la perfección.

Se acercó un poco más a ella, lo bastante para que pudiera sentir su corazón acelerado.

–Relájate –murmuró, acariciándole la espalda–, que no muerdo.

«Pero creo que te gustaría que lo hiciera».

Durante el breve cortejo de Helios a Catalina, y su aún más corto compromiso, habían bailado juntos muchas veces, pero nunca había sentido algo así. Jamás el corazón le había latido tan rápido como en aquel momento, tanto que podía sentir su clamor contra las costillas.

El calor que había ido creciendo en sus lugares más íntimos aquel día por el influjo de la implacable atención de Nathaniel se extendía a través de sus poros, un emocionante deseo que la maravillaba y la aterraba en igual medida.

Cuánto había deseado sentirlo con Helios, pero entre ellos no había habido ninguna clase de química. Y entre el duque y ella, aún menos.

Pero la piel de la espalda se le erizaba al contacto con Nathaniel. Estaba sintiendo cada pliegue de sus manos, las yemas de los dedos, y ese anhelo, ese deseo... Dios, estaba sintiéndolo.

El baile terminó demasiado pronto y Catalina respiró hondo e hizo amago de separarse, pero él la sujetó.

–Esta noche me quedo en el palacio, y mi habitación está en la misma ala que la tuya –dijo en voz baja, y su aliento le rozó el lóbulo de la oreja.

–¿Cómo...? –respirar ya le era difícil, así que caminar...–. ¿Cómo sabes en qué ala estoy?

–Porque me he encargado de averiguarlo.

Catalina dio un paso atrás, pero él no soltó su mano.

Nathaniel tenía treinta y cinco años, y su rostro bronceado presentaba arrugas y líneas de expresión; su cuerpo, altísimo y firme, demostraba que era un hombre que disfrutaba de la vida al aire libre; su nariz, rotunda y fuerte; sus ojos, de un verde claro, brillaban como si siempre estuviera divirtiéndose, y su boca, generosa, de una sonrisa fácil que creaba un hoyuelo en su mejilla izquierda. Como colofón, un pelo castaño que llevaba bastante corto y que parecía resistirse con tenacidad al peine.

Todo él irradiaba un magnetismo que había sentido desde el mismo momento en que los presentaron, hacía ya bastantes años.

Era el único hombre que le había hecho preguntarse...

—A la una en punto estaré en tu puerta –dijo, llevándose la mano a los labios para besarle los nudillos–. Sé que tu dama de compañía ocupa la habitación de al lado, así que no llamaré. Estaré allí, pero dejaré nuestro destino en tus manos. Si no abres la puerta, me volveré a mi habitación y podrás fingir que nunca he estado allí, pero antes de que tomes la decisión, hazte esta pregunta: ¿cuándo fue la última vez que hiciste algo solo para ti misma y que no estuviese en la lista de lo que era tu deber? Eres una princesa, Catalina, pero esta noche puedo enseñarte a ser también una mujer.

Y, con esas palabras, soltó su mano, hizo una leve inclinación de cabeza y abandonó la pista de baile.

Tres semanas después

Burlón, el indicador le mostraba la raya rosa.

«Feliz Navidad, Catalina», parecía decirle. «Aquí tienes tu regalo sorpresa».

Toda la compostura que se había pasado veinticinco años perfeccionando había desaparecido, y lo único que podía sentir en aquel momento era un terror desatado devorándole las entrañas.

Dos minutos maravillosos en los que Nathaniel había entrado en ella por primera vez sin protección antes de retirarse y colocarse el preservativo. Dos minutos de locura.

¿Qué iba a hacer?

Las náuseas le subieron por el esófago y vomitó, pero tenía el estómago tan vacío que solo pudo echar bilis. No sabía si era el miedo lo que lo provocaba o las nuevas hormonas adueñándose de su cuerpo.

Se lavó los dientes por tercera vez aquella mañana, pero aún le quedó un sabor ácido en la lengua. Se secó la cara y se miró al espejo, intentando desesperadamente sonreír. Al cabo de seis horas iba a estar sentada a la mesa con su familia para la cena de Navidad. Tías, tíos, primos... aquellos que trabajaban en el palacio y aquellos que no. Todos estarían allí.

Respiró hondo y el aire salió a trompicones de unos pulmones que parecían haberse cerrado con la sorpresa.

Alguien llamó a la puerta de su dormitorio y eso le hizo recuperarse.

Sería Marion, su prima y dama de compañía principal. No podía confiar en ella. Marion tenía un lado taimado que no terminaba de gustarle. Al cumplir la mayoría de edad, le permitían escoger a sus propias «compañeras», un eufemismo de la Casa de Fernández para su asistente personal, y se había visto obligada a aceptarla. Contó mentalmente hasta cinco y se preparó. Ni el más mínimo gesto debía transmitir que ocurría algo.

Entró de nuevo en el dormitorio y sentándose al tocador, dijo:

—Pase.

Pero no fue Marion quien abrió la puerta, sino su hermano, Dominic. Y la cara que tenía era de todo menos festiva.

—Vaya... —dijo, cerrando la puerta—. Así que es cierto. Estás embarazada.

Menos mal que estaba sentada, o las piernas no le habrían podido sostener de pie.

Cuando la prueba de embarazo había dado positivo apenas media hora antes, supo que no iba a poder mantener el secreto durante mucho tiempo, pero esperaba disponer al menos de unos cuantos días de gracia.

Apretó los labios y asintió. No tenía sentido mentir, como tampoco lo tenía preguntarse cómo se había enterado. La intimidad era un concepto totalmente extraño a los miembros femeninos de la Casa de Fernández. Dado que no confiaba en Marion, se había visto obligada a fiarse de Aliana, prima segunda y una de sus compañeras más nuevas, y enviarla a comprar la prueba de embarazo. Aliana, con apenas dieciocho años, había salido del palacio con la excusa de una compra de Navidad de última hora y se había comprometido a guardar el secreto. Pero nada en el palacio se mantenía en secreto durante mucho tiempo, lleno como estaba de espías que recopilaban información para su padre y su hermano.

Dominic la miró de arriba abajo con una mueca crítica y a continuación, sin previo aviso, alzó la mano y le propinó una bofetada. Con fuerza.

—Feliz Navidad.

Catalina se obligó a no reaccionar. Ni siquiera se tocó la mejilla que le ardía. Una respuesta le habría dado lo que él quería.

Disfrutaba haciéndola llorar. Se alimentaba de ello.

No había vuelto a llorar delante de él desde el entierro

de su madre, siete años antes. Cuánto echaba de menos su dulce voz y su bondadosa sonrisa.

Incluso deseó que Isabella estuviese allí, pero su hermana menor había escapado de las festividades navideñas de la Casa de Fernández para pasarlas con la familia de su marido.

—¿Quién es el padre?

No contestó.

—¿Has concebido virgen? Qué encantador —dijo él con una mueca odiosa—. ¿Nathaniel Giroud?

A pesar de sus esfuerzos, no pudo evitar que un mínimo temblor la sacudiera al oír mencionar su nombre.

—Así que es él.

Tal era la furia que desdibujó las facciones de su hermano que Catalina se preparó para otro golpe.

Pero lo que hizo Dominic fue agacharse, lo bastante cerca de su cara para que ella pudiera oler su rancio aliento.

—Eres una puta.

No iba a reaccionar. Hacerlo solo empeoraría las cosas. Ni siquiera pestañeó cuando su saliva le llegó a la cara.

—Ya teníamos bastante con que Helios te dejara plantada, a ti, a una princesa de sangre real, por una plebeya, y que todo el mundo se enterara, pero ¿abrirte de piernas para ese parásito de mierda...? —la malicia iluminaba su cara—. ¿Sabías que Johann estaba preparándose para pedirle a nuestro padre tu mano en matrimonio? Otra posibilidad tirada por la borda.

La bilis le iba subiendo por la garganta, amenazando con ahogarla.

—Estás acabada, ¿lo sabes? Johann no querrá cargar contigo siendo mercancía de segunda mano.

No podía respirar.

—Y Giroud, tampoco. Te ha follado para llegar hasta

mí. Solo has sido un juego para él, un polvo fácil. Te dije que te mantuvieras lejos de él, y ahora tienes que pagar el precio.

Siguió mirándola con el gesto distorsionado.

—Nuestro padre querrá hablar contigo. Él decidirá lo que hay que hacer y cuáles van a ser las consecuencias.

Iba a marcharse, pero se detuvo, dio media vuelta y le propinó otra bofetada en la otra mejilla.

—Esta por desobedecerme cuando te dije que te mantuvieras lejos de Nathaniel Giroud.

Y, ajustándose la corbata, salió de allí.

Sola, Catalina cerró los ojos y respiró hondo.

Los gritos reverberaban en su cabeza y se llevó la mano al estómago, obligándose a mirarse en el espejo. Tenía unas marcas alargadas y rojas en las mejillas.

«Respira, Catalina. Respira».

Cuando Nathaniel salió de su habitación aquella mañana tres semanas atrás, había sentido un inexplicable dolor al ver cerrarse la puerta a su espalda.

No había vuelto a saber nada de él desde entonces, y tampoco lo esperaba. Los dos sabían que solo podía ser una noche.

Pero para entonces ya llevaba años sintiendo algo por él.

Amigo del príncipe Kalliakis, Nathaniel asistía con frecuencia a las mismas funciones que ella, y era una figura alta y magnética por la que siempre se había sentido atraída. Pertenecían al mismo entramado social, pero no eran amigos. Los amigos del sexo opuesto no le estaban permitidos a una princesa de la Casa de Fernández.

Hasta el día de la boda de Helios, cuando Nathaniel se había arrogado el papel de ángel guardián con ella el día que debería haber sido el de su boda, hasta entonces nunca había intercambiado con él otra cosa que no fueran palabras de cortesía.

Era un hombre intensamente celoso de su intimidad, de modo que sabía muy poco de él, aparte de que sus padres habían muerto en un accidente cuando él era un niño, que había sido criado por unos tíos y que había asistido al mismo internado que Dominic y el príncipe Kalliakis. Era dueño de una cadena de hoteles y de distintos negocios, además de ser también el propietario del Club Giroud, un club privado entre cuyos miembros se encontraban los personajes más influyentes, lo cual le había hecho llegar a ser uno de los hombres más ricos de Francia y millonario antes de los treinta años. Sociable y encantador, era un mujeriego notable y un juerguista, alguien que disfrutaba a fondo del estilo de vida que su dinero podía ofrecerle.

Pero aquel día le mostró una cara bien distinta. Se había dado cuenta de que ella se sentía vulnerable y se había empeñado en la misión de lograr que llegase al final de la boda con una sonrisa en los labios. Si su motivación había sido acabar acostándose con ella, le daba igual. Ella también había querido que lo hiciera, y aquella había sido la primera y única ocasión que se había olvidado de las precauciones y había disfrutado de un aspecto de sí misma que llevaba toda la vida reprimiendo.

Aunque ella no hubiera sido princesa, o él el plebeyo que su hermano aborrecía, nunca había esperado de él nada más que una noche. El compromiso era un concepto que le resultaba ajeno.

Pero no había logrado quitárselo de la cabeza. Cada vez que cerraba los ojos, allí estaba. Podía verlo. Saborearlo. Sentir su piel bajo las yemas de los dedos. En la intimidad de la cama volvía a revivir la noche que habían pasado juntos, proyectándola en su cabeza como si fuera una película. Cada roce. Cada caricia.

Había dado por sentado que volvería a verlo en alguna función, que la saludaría con el beso habitual y que quizás su mano se detendría un poco más de lo normal, un sutil reconocimiento del tiempo que habían pasado juntos. Había dado por sentado que podría conservar aquel secreto de ambos solo para ella durante el resto de su vida.

Desde que podía recordar, le habían dejado perfectamente claro que su virginidad era sagrada, algo que debía conservar hasta el día de su boda. Y durante veinticinco años, lo había aceptado así.

Era una princesa. Llevaba una vida de riqueza y privilegios. Representaba a la Casa de Fernández, esperaba casarse con un miembro de una familia que reforzara las conexiones culturales y el poder de la suya, y esperaban de ella que se comportara con decoro y propiedad en cualquier ocasión, y jamás había fallado. Nunca había musitado una sola palabra de queja porque su hermano pudiera hacer lo que quisiera con quien quisiera, o que el comportamiento de espíritu libre y malcriado de Isabella fuera perdonado por su hermano y su padre.

Dominic jamás le había tocado un pelo de la ropa a Isabella.

Y ella ni una sola vez en la vida había hecho algo que no fuera por el bien de la Casa de Fernández. Ni una.

Hasta que lo hizo.

Hasta que se olvidó del deber por una noche prohibida.

Y ahora iba a ser castigada por ese momento de locura durante el resto de su vida.

La Navidad era una época del año que Nathaniel detestaba. Tanta bondad fingida, la comercialización, la proximidad obligada con los llamados seres queridos. Era una época en la que no podía dejar de tener presente a todas horas que las tres personas a las que había querido con todo su corazón ya no estaban. Llevaban muertas veintiocho años. La mañana del día de Navidad, un momento que tradicionalmente se pasaba abriendo regalos y dejando tras de sí un rastro de papel de envolver arrugado, sentía tan fresca la pérdida como la primera mañana en que se despertó sin ellos.

Aquel año había tomado la decisión de pasar esos días en Monte Cleure. Aparte del hecho de que era allí donde se estaba llevando a cabo el último de sus proyectos, Monte Cleure disfrutaba de un clima relativamente templado en invierno, situado como estaba en la frontera sur de Francia con España, con lo cual era muy poco probable que nevase.

Llevaba veintiocho años evitando la nieve.

El único signo que había en su apartamento de que estaban de fiesta era una botella de whisky vacía en el suelo, junto a la alfombra, que era precisamente donde se encontraba cuando fue despertado con un sobresalto el Día del Aguinaldo, o lo que es lo mismo, el día después de Navidad, por el timbre chillón del intercomunicador.

Se incorporó de golpe, y tuvo que llevarse la mano a la cabeza. Qué martillazos. ¿Por qué narices no se habría ido a la cama?

Se levantó y pulsó el botón.

–¿Sí? –farfulló. Había dejado instrucciones al conserje de que no lo molestaran hasta el día siguiente, en que la locura de la Navidad se hubiera terminado.

–Señor Giroud, Su Alteza el príncipe Dominic de la Casa de Fernández está aquí y desea verle.

–¿Qué quiere?

–No me corresponde a mí preguntar –respondió el conserje en voz muy baja.

Nathaniel podía ser el jefe y dueño de todo el edificio, pero Dominic era el heredero al trono de todo un país.

—Que suba.

Mientras esperaba que el ascensor le subiera, entró a trompicones en la cocina y se bebió un vaso entero de agua.

No sabía qué podía querer el príncipe, pero seguro que nada bueno.

Un par de golpes en la puerta anunciaron su llegada.

Nathaniel abrió la puerta.

—¿Qué puedo hacer por ti, Dominic? —le preguntó, evitando deliberadamente usar su título. Y también deliberadamente le dio la espalda y entró al salón—. ¿Vienes a celebrar conmigo la Navidad?

Como no obtuvo respuesta, dijo:

—¿Puedo ofrecerte una copa?

—A juzgar por la pinta y el olor, tú ya has bebido bastante —le espetó Dominic, burlón. Tenía el aire de un gorila «espalda plateada» que intentase demostrar su dominancia. Si no le doliera tanto la cabeza, incluso le resultaría divertido.

—Si hubiera sabido que ibas a venir, me habría duchado. Bueno, ¿una copa?

—No estoy aquí de visita.

—Me lo imagino. Sin embargo, soy de la opinión que incluso las más aburridas conversaciones de negocios pueden suavizarse con una buena taza de café colombiano.

Por lo menos ayudaría a amortiguar las palpitaciones de la cabeza.

—Tampoco he venido a una reunión de trabajo.

—Entonces, ¿por qué no me dices qué es tan urgente como para presentarte aquí, en mi casa, sin anunciarte y pidiendo audiencia?

–¿En tu casa?

–Comprada y pagada. La escritura del edificio Ravensberg la tiene mi abogado, si necesitas verla.

No había vuelto a alquilar nada desde su primer apartamento de los diecisiete años y tuvo que llevar a la fuerza al casero para que le reparase la calefacción durante una época de mucho frío.

Le gustaba ser el dueño de su propio destino y confiar únicamente en sí mismo. Todas sus propiedades, tanto las relativas a los negocios como las de índole personal –y tenía tantas de ambas que había perdido la cuenta– eran solo suyas. No le debía un céntimo a ninguna persona, banco u organización. Sus negocios eran suyos y solo suyos. Ladrillo y cemento con el que poder contar siempre; presencias permanentes en un mundo frágil lleno de horror.

–Una escritura solo vale algo si posees también el título de propiedad de la tierra en la que está edificado el edificio. Toma como ejemplo lo que estás construyendo aquí, en mi país.

–Claro –corroboró amigablemente–, pero creo que necesitarás utilizar un ejemplo distinto para demostrar lo que quieres decir. Yo siempre compro la tierra para cualquier desarrollo urbanístico que pretenda acometer.

Nathaniel estaba construyendo un hotel y un complejo comercial que iba a ser uno de los puntos de referencia de Monte Cleure en el que llevaba invertidos un millón de euros.

–Bueno, ¿por qué no nos dejamos de tantos rodeos y me dices por qué estás aquí, para que yo pueda volver a acostarme?

–Mi hermana.

–¿Qué hermana? –preguntó Nathaniel, encogiéndose de hombros como si tal cosa, aunque la cabeza había empezado a darle vueltas a toda velocidad.

Dominic se irguió como un globo demasiado inflado y sus ojos se volvieron oscuros y crueles.

–Catalina.

Nathaniel se aseguró de que sus facciones permanecieran neutras.

Él no había dicho una palabra sobre la noche que había pasado con la princesa. A nadie. Tampoco Catalina lo habría hecho, ya que su reputación de virgen estaba en juego. En el momento mismo en que lo dejó entrar en su dormitorio, le dejó claro que iba a ser algo de lo que nunca se podría hablar o hacer referencia.

Había salido de la habitación de Catalina al amanecer, ambos conscientes de que su beso de despedida iba a ser el último.

Lo que habían compartido había sido una noche increíble que nunca podría volver a repetirse.

Por lo tanto, Dominic debía de estar allí a ver qué podía averiguar. Sus espías debían de haberle contado que su hermana y él habían bailado en la boda de Helios.

No había vuelto a verla desde entonces. Ella no había asistido a la coronación de Helios y Amy la semana anterior. Unas cuantas preguntas hechas con discreción habían revelado que tenía alguna clase de virus estomacal.

Una fría sensación le recorrió la espalda.

–¿Qué pasa con ella? –preguntó, recostándose en el sofá.

–Está embarazada.

Capítulo 2

EL CORAZÓN se le paralizó con una sacudida. Sus pensamientos comenzaron a volar y necesitó unos cuantos segundos para recuperar la voz.

—¿Catalina está embarazada?

Inmediatamente recordó aquellos primeros momentos de gloria en los que abandonó la protección que debería haber tenido para entrar en ella.

¿En qué demonios había estado pensando?

Aquello podía ser una broma. O una trampa. No era un secreto que Dominic le odiaba. Su rechazo mutuo venía de tiempo atrás, desde sus días de universidad.

—Sí, maldito playboy. Mi hermana *virgen* está embarazada, y tú eres el padre.

El modo en que Dominic enfatizó la palabra «virgen» hizo que quisiera darle un puñetazo, pero se contuvo. Siguió sentado en el sofá, con una pierna doblada y apoyada en la otra y los brazos cruzados, en una pose que sabía que molestaría al príncipe más que una amenaza física de violencia.

—¿Qué te hace pensar que soy yo el padre?

—Ella lo ha admitido. Envió a una de sus acompañantes a comprar una prueba de embarazo y otra de ellas, más leal a la Casa de Fernández, desconfió, encontró la caja escondida en sus habitaciones y me informó de inmediato.

Nathaniel guardó silencio. Su mente era un hervidero.

—Catalina se hizo la prueba ayer por la mañana. Nuestro médico personal le ha hecho también otra prueba y ha dado positivo. Feliz Navidad. Mi hermana está embarazada y tú eres el padre.

–¿Dónde está? –preguntó Nathaniel. A él no iba a creerle, y menos en algo tan importante–. Quiero verla.

–En palacio. Como te imaginarás, la noticia nos ha destrozado la Navidad.

–Cuánto lo siento.

Dominic sonrió cruelmente.

–Mi padre y yo hemos hablado de ello en profundidad. Catalina puede seguir teniendo futuro en la Casa de Fernández, pero antes tenemos que contener esta situación. Tendrás que estar casado con ella un tiempo limitado para legitimar al niño.

Nathaniel se rio. ¿Sería posible que aquello no fuera más que una pesadilla inducida por el alcohol?

–Estoy hablando muy en serio –Dominic se sentó al fin, abriendo las piernas en una postura que pretendía comunicar dominación–. Te casarás con ella o te encontrarás con que las autorizaciones de tu proyecto se anulan y que el inmueble pasa a ser de nuevo propiedad del palacio. Lo mismo que el edificio Ravensberg.

–¿Me estás amenazando?

–Simplemente te estoy poniendo al tanto de las consecuencias. Puedo hacer que te echen de Monte Cleure con tan solo chasquear los dedos.

–Estoy seguro.

Una expresión malévola se dibujó en su cara.

–La estupidez de algunas personas me sorprende de verdad.

Nathaniel movió la cabeza en un gesto triste.

–Pensar que hay quien amenaza con quedarse con una tierra comprada legalmente y parar un proyecto que reactivaría de manera exponencial la economía de Monte Cleure... ¿por qué hacer semejantes amenazas?

Si se llegara a saber que unas tierras que se compran de modo legítimo pueden serte arrebatadas por el capricho de un dirigente despótico, ¿quién iba a querer invertir en un sitio así? ¿Por qué iba a poner alguien toda su economía en peligro?

El rostro de Dominic se congestionó.

–Nada me complacería más que confiscarte la tierra y echarte de aquí sin importarme un comino las consecuencias. Nos recuperaríamos enseguida del golpe económico. Sin embargo, mi padre no permitiría que naciera un bastardo en la Casa de Fernández. Catalina ha sido una vergüenza para la familia en estos últimos meses...

–¿Cómo? ¿Anulando su compromiso con Helios? –le interrumpió–. ¿Tendría que haberse casado con él sabiendo que quería a otra?

–Los dos sabemos que fue él quien lo anuló, se diga lo que se diga. Si Catalina hubiera cumplido con su deber y hubiera actuado teniendo en cuenta su mejor interés, nunca la habrían sustituido por una furcia cualquiera y ahora sería reina de Agon.

Cómo logró no abalanzarse sobre él y partirle la cara es algo que nunca iba a poder saber.

–Tu hermana se ha pasado la vida entera cumpliendo con su deber.

–De ser así, no estaríamos teniendo esta conversación. Y no es solo lo de Helios. Nuestro padre le ha encontrado otro pretendiente.

–¿El duque sueco?

–Sí. Otro enlace excelente echado a perder. Si de mí dependiera, Catalina sería repudiada, pero mi padre tiene otro punto de vista. Piensa que aún es un activo para nuestra familia, y está dispuesto a darle la última oportunidad. Y ahí es donde entras tú: o te casas con ella, o será repudiada y la echaremos de palacio sin un céntimo.

Nathaniel se encogió de hombros.

–Hacedlo. Yo me ocuparé de ella y del niño.

La maldad brilló entonces en el rostro del príncipe.

–¿Cómo? Catalina no podrá salir del país. Se le retirará el pasaporte. Tendrá prohibido abrir una cuenta bancaria. Ella estará sin hogar y sin dinero, y tú serás deportado y se te prohibirá la entrada a Monte Cleure. Y, si se te ocurre volver a poner un pie aquí, serás arrestado inmediatamente.

–¿Le harías eso a tu propia hermana?

Pensó entonces en la suya, que había muerto con sus padres hacía ya tantos años. En aquel momento tendría treinta y tres años. No la recordaba ya con claridad, pero sí retenía en la memoria la intensidad de su relación fraternal con ella, y le ponía enfermo que Dominic pudiera ser tan perverso con quien era de su propia sangre.

–Olvidas quién gobierna aquí. Este país no es una democracia. La palabra de mi padre es la ley. No hay a quién apelar.

–Estás disfrutando con todo esto, ¿verdad? –apenas le quedaba un hilo de serenidad al que aferrarse–. ¿Es tu venganza por lo de Jenna?

Hubo un cambio fugaz en su expresión.

–Esto no tiene nada que ver con Jenna.

–Eso espero. Han pasado ya casi veinte años.

–Y dentro de otros veinte, seguiré odiándote por ello. Jenna era mía.

–¿Qué puedo decir? –preguntó Nathaniel,, encogiéndose de hombros–. Se lanzó a mis brazos.

Todo el curso de sexto femenino que compartía con ellos la residencia había sido invitado a la fiesta de Navidad. Las hormonas dirigían su vida entonces.

Estaban medio desnudos cuando Dominic entró como una tromba en la habitación. El responsable de la residencia había llegado enseguida y había interrumpido la pelea antes de que se hubiera hecho ningún daño de consideración, y los llevó a ambos ante el director. Dominic fue enviado a dormir y Nathaniel, cuya familia no tenía títulos, ni poder, ni siquiera mucho dinero, fue expulsado de inmediato.

Lo enviaron de vuelta a Francia y quedó al cuidado de sus tíos.

—Siempre has sido un odioso y arrogante bastardo que...

Dominic pareció recordar de pronto que tenían audiencia, y miró al guardaespaldas que se había pegado a la pared del fondo. Con el rostro colorado como un tomate, continuó:

—Esto no tiene nada que ver con Jenna ni con mi hermana. Se trata de la Casa de Fernández.

—De la que Catalina es un miembro leal.

—No con un bastardo en su vientre. Así, no. A menos que te cases con ella y legitimes su embarazo, no será nada. Será menos que nada.

Nathaniel trató de pensar con rapidez. Aquella exigencia no era cosa de Dominic, sino de su padre, el rey.

Que amenazasen sus intereses en Monte Cleure era malo, pero Catalina...

Su seguridad y la de aquel montoncito de células que llevaba en el vientre no era algo con lo que jugar. Si aquel hijo era suyo...

—Dime qué planes de futuro tenéis para ella.

—Catalina y tú permaneceréis casados el tiempo suficiente para que nazca el niño y no se cuestione su legitimidad. Con un año bastaría. Luego os divorciaréis, y Catalina se arrepentirá públicamente de haber contraído matrimonio con un mierda como tú sin reflexionar lo suficiente. Tu matrimonio no solo legitimará al niño, sino que la legitimará a ella y nos permitirá encontrarle un marido adecuado.

–¿Volveréis a casarla? –no se podía creer que el rey y su heredero pudieran llegar tan lejos–. Para vosotros solo es una posesión, ¿verdad?

–Catalina está de acuerdo con todo esto –replicó Dominic con suficiencia–. Sabe cuál es su lugar.

–Si accedo a esto –dijo Nathaniel entre dientes–, quiero tener todos los derechos sobre el niño.

–Te olvidas de quién tiene el control aquí.

Nathaniel se incorporó para mirarle a los ojos.

–Puedo salir de este edificio, subirme a mi avión y no volverás a verme jamás. Y no hay nada que tú o tu matón podáis hacer.

Dominic tragó saliva.

Nathaniel contuvo una sonrisa de desprecio. A pesar de toda su crueldad y sus fanfarronadas, el príncipe era tan duro como la crema pastelera que queda en un plato de postre. De menor estatura que él, Dominic se había vuelto blando y fofo con el paso de los años. Seguramente acabaría rebasando la frontera de los ciento veinte kilos antes de cumplir los cuarenta.

–Si Catalina confirma lo que dices, me casaré con ella, pero solo si mis derechos como padre son respetados, y siempre y cuando entiendas que no pasará ni una sola noche bajo el techo de tu palacio.

–En eso estamos de acuerdo. ¿Acaso crees que querríamos escoria como tú viviendo en el Palacio Real de Monte Cleure? Mientras estéis casados, Catalina vivirá contigo. Los dos podéis considerarlo un castigo adicional.

Si pasaba un minuto más sentado frente a Dominic, acabaría estrellándole el puño en la cara, de modo que se levantó.

–Dile a tu padre que esta noche iré al palacio para hablar de todo esto. O, pensándolo mejor... –sacó el móvil del bolsillo–. Se lo diré yo personalmente. Ahora, si me disculpas, voy a dejarme caer en la cama. Ya sabéis dónde está la salida.

Catalina estaba sentada en el salón privado de la familia, repiqueteando con las uñas en la madera del brazo del sillón y con la mirada perdida en la pared. Llevaba allí sentada, tal y como su padre le había pedido, más de una hora.

La ira de su padre ante aquella situación, aunque menos violenta que la reacción de su hermano, había sido temible. Después de veinticinco años de comportamiento impecable, la hija perfecta había dinamitado el enlace que él llevaba décadas orquestando. Poco después, cuando él había vuelto a encontrarle un marido adecuado, había añadido la humillación de quedarse embarazada de un plebeyo al que todos conocían como un mujeriego empedernido. Las disculpas que le había ofrecido habían caído en saco roto. Nunca se lo perdonaría.

–Tendrás que casarte con él –le había dicho con suma frialdad–. Es el único modo de mitigar la publicidad negativa que acarreará que te hayas quedado embarazada como una furcia cualquiera. Y no pienses que puedes negarte. Te casarás con ese desgraciado y legitimarás al bastardo que llevas dentro.

Catalina se había mantenido de pie, tragándose el abuso verbal de su padre, sin mostrar emoción alguna, aunque por dentro estaba gritando.

Su hijo no era un bastardo. Su hijo era una criatura inocente.

Y Nathaniel era un mujeriego, pero no un desgraciado. Se había ganado la fortuna de que disponía con su trabajo. No la había recibido por un accidente de nacimiento.

Dominic había envenenado a su padre en su contra, y no era consuelo que le hubiera costado veinticinco años lograrlo.

Marion, sin duda la responsable de que lo ocurrido hubiera llegado a oídos de su padre y de su hermano, le había comunicado que Nathaniel había llegado al palacio y que estaba reunido con su padre. Desde ese anuncio había pasado ya una hora.

Fue casi un alivio cuando Dominic entró por fin en el salón.

—Marion, déjanos —dijo sin más.

Catalina sabía que su prima se quedaría cerca de la puerta para intentar oír algo que difundir después por todo el palacio.

—Ha accedido a casarse contigo —dijo, plantándose delante de ella con los brazos cruzados y una expresión de autosuficiencia que no lograba ocultar la furia que brillaba en sus ojos. Catalina sabía que, si su suerte hubiera dependido de su hermano, habría sido desterrada sin contemplaciones—. Os casaréis en breve. Se están ultimando los detalles.

El aire llenó sus pulmones del todo por primera vez desde hacía dos días, ya que no había dado por sentado que Nathaniel accediera. Era un lobo solitario con aversión a las relaciones, un hombre que no se dejaba intimidar por nadie, aunque fuese rey. Que hubiera aceptado su responsabilidad y accedido a casarse con ella...

Un leve estremecimiento de excitación le rozó la piel, y el corazón le golpeó contra las costillas.

Iba a casarse con Nathaniel.

—Los abogados están de camino —continuó Dominic, mirando el reloj, ajeno por completo a sus pensamientos.

—¿Para qué?

—Para redactar el contrato.

Ah, claro. El contrato.

—¿Cómo has conseguido que acepte?

Albergaba sin querer la esperanza de que no hubiera sido necesaria la coacción, y sobre todo que él hubiera insistido en que su matrimonio fuese real.

Supo que era la esperanza más patética y absurda que se podía tener incluso antes de que Dominic le dedicase su sonrisa cruel.

—¡Vaya! Así que la preciosa Catalina se está imaginando una boda con nubes de algodón y adornos de color rosa. Pues siento estropearte la fantasía, pero has de tener claro que esta es una decisión de negocios. Le dije a Giroud que le expulsaríamos de Monte Cleure y que su proyecto quedaría confiscado a menos que se casara contigo.

El efecto de sus palabras fue como si le hubiera lanzado un jarro de agua helada.

—Así que has tenido que chantajearlo.

—¿Creías que iba a querer casarse contigo? —se rio—. Aceptó encantado cuando supo que el matrimonio iba a durar solo un año.

Antes de que pudiera continuar, un secretario apareció en la puerta para informarles de que Nathaniel había terminado de hablar con su padre y que iba a su encuentro.

Dominic le dedicó su sonrisa venenosa una vez más.

—No quiere casarse contigo, preciosa Catalina. No le importa que te cases inmediatamente después de que tu matrimonio con él se disuelva. No tiene interés alguno en tu hijo. Lo único que le importa es su negocio. Tú también debes pensar en esto como en un acuerdo comercial con el fin de restituir el honor a la Casa de Fernández.

Le sostuvo la mirada a su hermano unos segundos antes de asentir.

–No lo olvidaré.

–Bien. Esta es la oportunidad de redimirte.

Se volvió a mirar a la puerta, y a Catalina se le encogió el estómago al ver a Nathaniel avanzar con soltura,
como si hubiese estado antes en aquella ala privada.

–Muy bonito todo esto –dijo, mirando a su alrededor
con expresión burlona.

De no estar presa de emociones tan encontradas,
habría encontrado divertida su irreverencia. La gente
solía quedarse con la boca abierta cuando entraba en
aquella zona privada por primera vez.

El estómago se le hizo un nudo al mirar al único
hombre que la había visto desnuda. Su corazón parecía
haber cobrado vida propia y le sudaban las manos.

Él solo miraba a su hermano, al que le sacaba al
menos una cabeza.

–Déjanos solos.

De no haber sido entrenada desde pequeña para no
mostrar emoción alguna que no fuera apropiada, se
habría echado a reír, histérica. La única persona que le
daba órdenes a su hermano era su padre, que desde
luego no utilizaba el tono perezoso, casi despectivo que
había utilizado Nathaniel.

Dominic se puso colorado. Muy colorado. Parecía a
punto de salirle humo por las orejas.

–Deseo hablar con tu hermana a solas –insistió
Nathaniel al ver que no se movía–. No podemos hablar
libremente si no tenemos intimidad.

–Tienes cinco minutos.

–Que sean diez.

Increíble, pero Dominic apretó los dientes y salió.

Agarrándose a los brazos del sillón, intentó adoptar
el aire sereno y vacuo que tan bien le había servido a lo
largo de su vida.

Nathaniel, con la mirada puesta en ella, se sentó en

el incómodo sillón que había enfrente. Su irreverencia había salido de la estancia junto con su hermano.

–Así que es cierto. Estás embarazada.

Involuntariamente había repetido las mismas palabras que usó su hermano el día anterior.

–¿Se nota?

–Hay algo diferente en ti. Si no supiera que lo estás, pensaría que estás enferma –parpadeó un par de veces–. ¿Te encuentras mal?

–No. Solo tengo algunas náuseas.

–¿Por eso no asististe a la coronación de Helios y Amy?

–Creía que tenía algún virus estomacal.

Nathaniel asintió.

–¿Cuándo tiene que nacer?

–El médico piensa que a finales de agosto.

–¿Te hace feliz la idea de casarte conmigo?

–Mi felicidad es irrelevante –contestó con frialdad–. Además, solo durará un año.

–¿Y estás de acuerdo con el plan de tu padre de volver a casarte cuando nos hayamos divorciado?

–Aceptaré lo que sea bueno para mi familia y la Casa de Fernández.

Nathaniel la miró atentamente, buscando un hueco en la armadura que con tanta elegancia llevaba. No lo encontró. Lo que sintiera en su fuero interno sobre el embarazo y su situación se lo guardaba para sí.

Si así quería que fueran las cosas, así iban a ser. La situación se escapaba al control de ambos, de modo que lo mejor que se podía hacer era mantenerlo todo en un plano muy profesional.

Apoyó los antebrazos en las piernas y se echó hacia delante. A medida que el día había ido avanzando y la sorpresa inicial se había disuelto, había llegado a la conclusión de que, independientemente de las amenazas de Dominic, debía casarse con Catalina. Para empezar, sería el modo de garantizarse los derechos sobre su hijo. Conocer al padre de Catalina le había hecho ratificarse en su convicción.

El rey era un hombre formidable al que solo le importaba la reputación de la Casa de Fernández, y lo que pretendía era limitar los daños. Nathaniel era un hombre de negocios que había alcanzado una cota de éxito imponente, y con más dinero del que podría gastar, pero el rey gobernaba todo un país, de modo que tener la custodia del niño en aquel país sin casarse no iba a ser posible. Casándose con Catalina se garantizaba los derechos legales.

—Cuando nos separemos, dejaré perfectamente claro que tú no tienes la culpa de nada —eso podía hacerlo por ella—. Haré todo cuanto esté en mi mano para que tu reputación no se resienta. Podemos hacerlo de manera que la compasión del mundo entero esté contigo.

—Eres muy amable, pero ¿y tu reputación?

Él se encogió de hombros.

—Mi reputación personal ya está echada a perder. Y yo no soy una princesa. Nuestro matrimonio será tan breve y fácil como sea posible.

Pero no lo bastante breve para él.

Cuando tenía siete años, supo que tenía que cuidarse solo. Una década más tarde, el único pariente vivo que tenía lo echó de su lado, y desde entonces había estado solo. Y le gustaba estarlo. No tenía que preocuparse por no hacer daño a nadie, ni por el efecto que sus actos pudieran causar a otras personas.

Su matrimonio con Catalina iba a ser como una relación de negocios. No iba a permitir que fuese nada más.

—Siento que te hayas visto obligado a hacer esto.

—Los dos lo estamos.

–Yo estoy cumpliendo con mi deber, pero sé que Dominic te ha amenazado con expulsarte del país y confiscar tu proyecto. Eso es muy diferente.

–Tu hermano ha dejado su posición muy clara, lo mismo que yo la mía –respondió, observándola atentamente. Le daba la impresión de que no sabía que su padre y su hermano habían amenazado también con repudiarla, a ella y al bebé. Y mejor que no lo supiera. Era una amenaza demasiado cruel y personal de dos personas de su misma sangre que, además, no iba a llegar a ocurrir ahora que él había accedido a casarse.

Un esbozo de sonrisa iluminó su cara, pero la tristeza que la rodeaba hacía imposible interpretarlo como un gesto feliz.

–Mi hermano se toma muy en serio su papel de heredero y protector de Casa de Fernández.

Se aclaró la garganta y decidió morderse la lengua. Fuera cual fuese su opinión sobre Dominic, era su hermano y la lealtad de Catalina estaría con él.

–Volviendo al asunto que nos ocupa, quiero estar seguro de que estás de acuerdo con todo lo que exige tu padre.

–Sí, estoy de acuerdo.

–Entonces, todo claro –se levantó–. Tengo que hacer algo.

Sus ojos de color chocolate siguieron el movimiento.

–¿Ya?

A él no le gustó la desilusión que oyó en su voz.

–Tengo que ir a otro sitio.

Dominic eligió aquel momento para entrar en tromba.

–Ya han pasado los diez minutos.

Nathaniel se dio cuenta de que Catalina se replegaba sobre sí misma al ver entrar a su hermano. Recordaba bien la maldad que había visto en su rostro al amenazar con dejar a Catalina sin hogar y sin un céntimo. No había otra persona que se mereciera menos el título de príncipe que él.

–Este es el pie que esperaba para marcharme.

No quería pasar un minuto más en el palacio. No había nada acogedor en él. Nada que le confiriese calor de hogar. Ni siquiera el enorme árbol de Navidad que había en un rincón. Aquella estancia, como el resto del palacio de piedra, era fría.

–Nuestro padre ha organizado una fiesta íntima para los dos el sábado –dijo Dominic–. Mi gente se pondrá en contacto con la revista *La Belle* para...

–Dile a tu padre que puede organizar cuantas fiestas quiera, pero que yo no estaré en ella, y no pienso hablar con ninguna revista.

–Ya lo ha...

–Vamos a dejar esto bien claro –lo cortó por segunda vez–. Yo no voy a formar parte del circo de la Casa de Fernández. Me casaré con tu hermana para legitimar a nuestro hijo y formalizar mis derechos legales para con él, pero ahí se acaban mis obligaciones. No quiero un título, ni ninguna otra cosa de tu familia –e inclinó la cabeza hacia Catalina, que parecía congelada en su asiento–. Te veré en la boda.

Capítulo 3

INTÉNTALO otra vez –Catalina se clavó las uñas en las palmas de las manos, única muestra exterior de su inquietud interior–. Pregúntale si está libre el jueves.

Le había pedido a Aliana que llamase a Nathaniel y le pidiera una cita para cenar el miércoles, a lo que él había contestado educadamente que no podía, que ya tenía otro compromiso.

Aliana desapareció en el pequeño despacho adyacente, dejando a Catalina a solas con Marion, cuyos ojillos de mirada penetrante la estudiaban con mal disimulada curiosidad.

–Me gustaría que tomases uno de los coches del palacio y fueras a la tienda de *madame* Marcelle para que me trajeras una selección de sus encajes.

No le dijo por qué. Solo quería deshacerse de su prima un rato.

–Puedo llamar y pedir que los traigan al palacio.

–No. Quiero que vayas personalmente. Conoces mis gustos y sé que elegirás bien.

Marion no podía negarse, pero aun así exageró la búsqueda de su bolso, que estaba al pie de la silla.

En cuanto la vio salir, cerró los ojos y respiró hondo. El comportamiento de Marion, incluidas sus risitas y su descarado afán de espiarla, era ya intolerable. ¿O sería quizás que su paciencia se había agotado ya?

Desde luego, las hormonas del embarazo campaban por su cuerpo a sus anchas. Cada vez le costaba más esfuerzo mantener la pose que había adoptado toda la vida.

Aliana volvió a entrar negando con la cabeza.

–Tenía ya otra cita para el jueves por la noche.

–Y seguramente para el viernes y el sábado –murmuró Catalina. Le había hecho falta todo su valor para pedirle a su padre el número particular de Nathaniel, pero él le había sorprendido dándoselo. Eso sí, sin mirarla a la cara. No había vuelto a hacerlo desde que llamó bastardo al hijo que crecía en su vientre.

Cinco días habían pasado ya de aquello. Cinco días que había pasado intentando aclararse las ideas.

Ni esperaba ni quería amor. Lo único que le importaba era el bienestar de la pequeña criatura que llevaba en su vientre. Tenía que protegerla, pero todo lo que percibía a su alrededor era peligro.

Respiró hondo. Lo llamaría personalmente. Pero antes de entrar en el despacho, tuvo que salir corriendo al baño y vomitó el desayuno.

El teléfono de Nathaniel vibró sobre la mesa.

Maldiciendo por no haber quitado la vibración al tiempo que el sonido, miró la pantalla. El mismo número que hacía diez minutos.

Pulsó el botón de respuesta.

–Dígale a la princesa que no estaré disponible hasta el día de nuestra boda, y, si no le gusta, ya puede...

–Soy Catalina.

La sorpresa de oír su voz y la frialdad de su tono lo dejaron un momento paralizado.

–¿Sigues ahí? –preguntó ella.

Nathaniel carraspeó.

—Sí, sigo aquí. ¿Qué puedo hacer por ti?

—Necesito verte.

—Como le expliqué a tu acompañante, no tengo tiempo libre hasta el día de la boda.

—Estoy segura de que podrás encontrarlo.

—¿Es importante?

—Nathaniel, vamos a tener un hijo juntos.

—Soy consciente de ello. Es la razón por la que me caso contigo.

Hubo una breve pausa.

—Puede que nuestro matrimonio vaya a ser temporal, pero nuestro hijo es para siempre. A menos que Dominic me haya dicho la verdad y el niño no te interese lo más mínimo.

Él suspiró. No le sorprendía nada semejante mentira de Dominic.

—Se le deben de haber cruzado los cables. Lo que quiero es tomar parte activa.

—Entonces, ten la cortesía de reunirte conmigo.

Hubo algo en su voz que le hizo aceptar.

—Tendrá que ser en un lugar neutral. No en el palacio.

—Iba a sugerir lo mismo —hubo un breve silencio—. ¿Te gusta la ópera?

—No.

—Bien. Mi familia tiene un palco privado en el Teatro Real de Monte Cleure. Están representando *La Bohème*. Estará libre el viernes, así que podemos tenerlo para nosotros solos.

—Acabo de decirte que no me gusta la ópera.

—Así la música no te distraerá cuando hablemos.

Rechazar a su asistente había sido mucho más fácil que rechazarla a ella personalmente. Sería más fácil si estuviera dando órdenes como una histérica, pero su

serenidad le hacía sentirse un poco tonto por haberla
evitado.

–De acuerdo. El viernes –dijo antes de colgar.

El director del teatro la recibió personalmente, y se
apresuró a conducirla por una puerta lateral, un pasillo
alfombrado en rojo y una escalera, hasta el palco de la
Casa de Fernández.

Habían dispuesto que se encontrarían allí a las ocho
de la tarde. Llegaba quince minutos antes.

Para matar el tiempo y calmar los nervios, se acomodó en un rincón y abrió el programa. Estaba en la
descripción de las carreras de los cantantes secundarios
cuando llegó Nathaniel, con su metro ochenta largo de
estatura, deslumbrante con su esmoquin negro y una
copa de whisky en la mano. A la hora en punto.

Con el corazón estrellándose contra las costillas, se
levantó y le ofreció la mano, que él se llevó a los labios
hasta rozar el guante que la cubría. El calor de su respiración traspasó el satén.

–Tienes buen aspecto –le dijo él, estudiándola sin
disimulo.

–Gracias.

–¿Náuseas?

–Ahora mismo, no. Van y vienen.

El teatro empezaba a llenarse y el sonido de las conversaciones vibraba en el aire. El diseño en curva del
palco de la familia real pretendía salvaguardar la intimidad de sus ocupantes.

–¿Cuánto dura esto? –preguntó él, tomando asiento.

–Unas tres horas, descansos incluidos.

Él no se molestó en disimular su disgusto.

–¿La has visto antes?

–Sí. Es una historia preciosa, perfecta para estas fechas –respondió Catalina, y lo miró alzando las cejas–. Aunque la ópera no sea lo tuyo, me imagino que podrás soportar mi compañía durante tres horas. Al menos en la boda de Helios y Amy parecías encantado. ¿O es que ya no sientes lo mismo ahora que ya te has acostado conmigo?

–En este momento, lo único que me desagrada es tener que pasarme tres horas oyendo aullidos que te rompen los tímpanos y que dicen que es cantar. No te garantizo que vaya a quedarme hasta el final.

–Así que no niegas que mi compañía te suscita poco interés.

Había mantenido la voz firme, pero la humillación estaba allí.

Se suponía que solo iban a haber compartido una noche. Ambos lo habían dejado bien claro. Ni lazos, ni lamentaciones, pero estaba claro que no había calibrado bien el umbral de su aburrimiento.

–Eres una mujer hermosa e interesante. Dudo que haya un solo hombre que no quiera estar en tu compañía.

–Pero tú no formas parte de ese grupo.

Nathaniel por fin se permitió mirarla de verdad. En momentos como aquel, la crianza de Catalina en el seno de la familia real se volvía transparente. Había una franqueza en sus palabras que, sin ser arrogante, rezumaba seguridad. Claramente, estaba acostumbrada a obtener una respuesta directa a las preguntas que formulaba.

Siempre estaba guapa, pero aquella noche resultaba impresionante con aquel vestido largo de satén sin mangas que ceñía su figura y al que acompañaba con unos guantes largos. Se había recogido la melena en un moño, del que había dejado sueltos algunos mechones para enmarcar su rostro de porcelana.

–Pensar con la parte de mi anatomía que queda por debajo de la cintura fue lo que nos metió en este lío. ¿Por qué no me dices ya lo que tienes en la cabeza?

Un abanico de emociones se agitó en su hermoso rostro, pero no le hizo desviar la mirada.

Verdaderamente tendría que estar muerto de cintura para abajo para no desearla. Pocos momentos había tenido desde que salió de su habitación en el palacio Agon en los que no hubiera pensado en ella.

Cuando aquella noche hicieron el amor, ella era virgen, y él había ido despacio, animándola a responder. Como matrimonio, aun con límite de tiempo impuesto, iban a tener todo el tiempo del mundo para explorar su mutuo deseo. Imaginar que podría quitarle aquel vestido para descubrir todos sus secretos, todas sus fantasías...

No podía dejarse llevar.

Nunca debería haberla seducido. La había dejado embarazada y había provocado un abismo potencialmente letal en su familia.

–He sugerido que nos encontrásemos aquí porque necesitaba estar segura de que pudiéramos hablar libremente –le explicó.

–¿Crees que eso no es posible en palacio?

–Sé que no lo es. No hay una sola conversación telefónica dentro de sus muros que no sea grabada. Mi padre y Dominic tienen espías por todas partes.

–¿Y qué es lo que te preocupa que puedan oír?

Antes de que tuviera ocasión de responder, las luces del teatro se apagaron y la orquesta comenzó a tocar. Se levantó el telón y la función dio comienzo.

Catalina esperó a que la música subiera de tono para contestar, de tal modo que Nathaniel tuvo que inclinarse hacia ella para poder oírla, lo que conllevó que inhalase su irresistible perfume.

Había sido su olor lo que le había llamado la atención en un primer momento.

Conoció a Catalina en una fiesta de la alta sociedad en Francia, hacía ya unos años, y su elección de perfume, que percibió al besarla en la mejilla, le llamó la atención. Era la quintaesencia de una princesa, siempre vestida de modo impecable, llena de gracia y elegancia, tanto en sus palabras como en sus movimientos, y se habría esperado de ella una fragancia floral e inocente, pero llevaba un perfume exótico que hacía pensar en noches apasionadas y mañanas perezosas.

Había hecho el amor con ella sabiendo que era virgen, pero de nuevo se había confundido. Esperaba que fuera tímida, y había sido precisamente lo contrario.

Aquella mujer sentada tan elegantemente a su lado tenía un fuego en el alma que lo quemó, y a menos que estuviera dispuesto a arriesgarse a que ambos resultasen abrasados, nunca volvería a tocarla.

—Quería hablarte de que me preocupa tu seguridad.

—¿De qué estás hablando?

—Mi hermano siente un odio enfermizo hacia ti.

—Lo sé. Nunca le he gustado, y créeme si te digo que el sentimiento es mutuo, pero yo nunca le haría daño. Bueno, no es verdad —se desdijo con una mueca—. Admito que a veces he sentido deseos de darle una buena paliza.

—Perdona la pregunta, pero ¿qué os pasó en la universidad? Dominic nunca me lo llegó a contar con detalle, pero recuerdo que volvió a casa una Navidad alardeando de que te habían expulsado.

—A los dos nos gustaba la misma chica.

—¿Y qué pasó?

—Me pilló en la cama con su novia en la fiesta de Navidad de nuestra facultad.

Ella se echó a reír inesperadamente.

–¿Te acostaste con su novia?

–No llegamos a tanto, pero los dos estábamos medio desnudos, eso sí.

–¿Sabías que era su novia?

–Sí.

–¿Y fuiste a por ella a propósito?

–No. Los dos estábamos bebidos y fue ella la que lo inició.

Prefirió no mirarla. No quería ver su gesto de desaprobación y disgusto.

–Dominic dijo que te habías acostado conmigo para vengarte de él. ¿Eso es cierto?

–No. Admito que el que fueras su hermana añadía un punto extra, pero yo te deseaba de cualquier modo.

Ella lo miró en silencio un momento.

–Tu hermano me ha odiado desde que teníamos ocho años –explicó–. No tengo ni idea de qué fue lo que disparó ese odio, pero créeme si te digo que era... que es mutuo. Tuvimos unas cuantas peleas en la universidad, pero nunca te habría seducido para hacerle daño a él. Me acosté contigo porque se presentó la oportunidad y llevaba años queriendo hacerlo.

–Gracias por ser tan sincero, aunque la verdad sea casi brutal.

–He sido sincero contigo desde el principio.

Su expresión cambió un poco, como si dudara entre compartir con él lo que estaba pensando o no hacerlo.

–Mi padre envió a Dominic al mismo internado al que asistía el príncipe Kalliakis para cultivar su amistad y reforzar los lazos entre las dos naciones –dijo al fin.

–¿Tu hermano sabía que esa era la razón?

–Por supuesto –Catalina se rio–. Creo que por eso le caías tan mal. Te aceptaron a ti, a un vulgar plebeyo, como uno más. Dominic había nacido en una familia de sangre real y lo trataban exactamente igual que a ti, y no lo soportaba. Y encima le robaste la novia, y ahora que sabe que tú has... –se aclaró la garganta y miró hacia otro lado–. Que tú y yo...

–¿Que estuvimos juntos? –sugirió, recordando perfectamente cómo había sido estar dentro de ella.

Ella asintió.

–Dominic y yo nunca hemos tenido una buena relación fraternal. Añade a eso lo mucho que te detesta a ti y... habría aceptado mejor que hubiera sido Satanás el que me hubiera dejado embarazada. Si Dominic estuviera en el trono, me habría expulsado de inmediato.

Nathaniel se frotó las sienes, dejando que sus palabras le entrasen en la cabeza. Catalina no sabía que, de haberse negado a casarse con ella, la habrían expulsado, y la orden habría llegado de lo más alto: de su propio padre.

–Sé que Dominic lleva años odiándome, pero no entiendo por qué piensas que puedo estar en peligro, y que ese peligro provenga de él. He accedido a casarme. Nuestro hijo será legítimo. Y después me iré y te dejaré libre para casarte con alguien de tu mismo rango. Tendrá todo tal y como él quiere.

–Sé que para ti es una especie de chiste, pero me preocupa que subestimes lo peligroso que puede ser. Es más que capaz de hacer daño a alguien.

Hubo algo en su tono que le hizo mirarla fijamente. Había oído rumores a lo largo de los años sobre lo larga que podía tener la mano Dominic con sus novias. ¿Serían ciertos? Recordaba la reacción de Catalina al ver volver a su hermano a la habitación del palacio, su sutil repliegue.

–¿Alguna vez te ha pegado?

–Qué pregunta.

–Y qué forma de esquivar una respuesta.

Catalina ladeó ligeramente la cabeza, pero siguió

mirando al escenario. La ópera ya estaba en toda su intensidad.

—Todos los hermanos se pelean. Puede ser por algo o por nada, pero Dominic piensa que lo has humillado y no es un hombre al que se pueda tomar a la ligera.

—A mí tampoco. Confía en mí si te digo que, como tu hermano intente algo contra mí o contra mis intereses profesionales, lo lamentará.

El telón bajó al final del primer acto y los aplausos se extendieron por el teatro.

Nathaniel vio la oportunidad de salir de allí, apuró lo que le quedaba de whisky en la copa y se levantó.

—¿Hay algo más de lo que quieras hablar?

—¿Te marchas?

—Ya te he dicho que no me gusta la ópera.

Era la verdad, pero a medias. La otra mitad era que aquel palco parecía estarse encogiendo por minutos y el perfume de Catalina era cada vez más intenso, desbordando sus sentidos.

—Vamos a casarnos la semana que viene. ¿No te parece que deberíamos hablar de lo que va a suponer nuestro matrimonio?

—Nuestro matrimonio no va a suponer más que asegurarme de que tanto el bebé como tú estéis bien durante el embarazo. Me ocuparé de que todas tus necesidades sean atendidas. ¿Quieres que te lleve a casa, o prefieres quedarte a ver el resto?

—Gracias por un ofrecimiento tan generoso –replicó con ironía–, pero me quedo.

—Como desees –Nathaniel inclinó la cabeza–. Te doy las gracias por que hayas querido compartir tus preocupaciones conmigo. Sé lo que la lealtad y el deber para con la Casa de Fernández significan para ti, y no ha debido de resultarte nada fácil hablar así de tu hermano.

Había debido de necesitar mucho valor para hablar

en su contra. Que el príncipe era un maltratador no cabía duda. ¿Cuántas veces habría arremetido contra su hermana? Que ella ahora estuviera embarazada de él seguro que lo había empeorado todo, y aunque no le hacía ninguna gracia tener que renunciar a su libertad, al menos tener a Catalina bajo su mismo techo en lugar de en el palacio, le concedería un poco de espacio lejos de la malevolencia de su hermano.

Y, cuando volviera a casarse, tanto el niño como ella quedarían lejos también de su influencia. El contrato que el rey y él habían firmado le concedía unos derechos muy específicos respecto a su hijo, y, si intentaba incumplirlo, lo pondría a él y a su país patas arriba.

Ella se volvió y lo miró con aquellos ojos del color del chocolate completamente vacíos de emoción.

–Sé que te casas conmigo solo porque te han chantajeado, pero eres el padre de mi hijo y eso significa que también te debo cierta lealtad a ti por su bien.

–Entonces, ¿tus sentimientos personales hacia mí...?

Dejó la frase deliberadamente sin terminar.

¿Seguiría sintiéndose atraída por él, o su deseo se habría apagado la noche que habían pasado juntos? ¿Qué haría si le deslizase una mano por la espalda y llegara a alcanzar uno de sus maravillosos senos? Tal era la intimidad que les garantizaba el palco aquel que podría hacerle el amor sin que nadie los viera.

Comprendía perfectamente que le hubieran puesto tres acompañantes. Verdaderamente era la mujer que más sensualidad desprendía de un modo natural, y él tenía que salir de aquel teatro antes de que pudiera cometer una estupidez, como, por ejemplo, seducirla.

–No existen –le espetó ella, y se volvió hacia el escenario–. Conduce con cuidado.

Catalina no volvió a respirar hasta que no se cerró la puerta del palco.

Nathaniel no podía haberle dejado más claro que consideraba casarse con ella algo parecido a dormir en un pozo de serpientes.

Los sueños que pudiera albergar tendrían que quedarse para ella, y si algo había aprendido bien a lo largo de su vida era a controlar sus emociones. No estaba enamorada de él, pero tampoco iba a mentirse y a fingir que no le inspiraba sentimiento alguno. ¿Cómo iba a fingir cuando su marcha había convertido aquel palco de proporciones generosas en un lugar tan vacío, en el que aun así podía percibir su perfume mezcla de almizcle y limón?

Capítulo 4

DURANTE la noche, el clima suave de las semanas precedentes dio paso a una lluvia torrencial. Hasta Monte Cleure, famoso por disfrutar del sol todo el año, tenía que enfrentarse al invierno de un modo u otro.

Pero el mal tiempo no bastaba para desanimar a quienes deseaban hacerle llegar sus parabienes. Los habitantes de Monte Cleure no parecían haberse tomado en serio el anuncio del palacio en el que se decía que la boda que tendría lugar aquel día iba a ser una celebración íntima.

Verlos allí la conmovió y la animó al mismo tiempo.

Por ellos lo hacía. Por todas esas personas sin cuyos buenos deseos y consentimiento su familia no tendría nada. La Casa de Fernández necesitaba ser amada y debía procurar la paz y la prosperidad para su pueblo.

Pero no era momento para esa clase de preocupaciones. Tenía que ocuparse de su boda. En tres horas se casaría con Nathaniel, y aquella misma noche, se iría a vivir a su casa, algo que debería asustarla, pero las burbujas que sentía en el estómago no eran de terror, sino más de excitación. Iban a casarse y, por lo tanto, compartirían cama.

Llamaron a la puerta. Marion, siempre presente como un mal olor, fue a abrir.

Esperaba ver a otra de sus acompañantes dispuesta a prepararla para el evento, pero se llevó una sorpresa al ver que se trataba de Lauren, la secretaria particular de su padre. Detrás de ella iban cuatro de los asistentes más jóvenes de su padre.

–Disculpe que la moleste, Su Alteza –dijo–, pero necesitamos hacer un inventario de sus joyas.

–¿Para qué?

–Su padre ha pedido una lista completa de las piezas que obran en su poder.

–¿Para qué? –repitió, deseando que Marion no estuviera allí parada, escuchando y mirando como una tonta.

–El rey no me ha hecho partícipe de sus razones, pero me imagino que tiene que ver con su marcha del palacio –la mirada de Lauren era de compasión, no cabía duda, pero su tono seguía siendo absolutamente profesional–. Su padre no está en sus habitaciones si quiere hablar de esto con él, pero yo tengo órdenes y he de tener hecho el inventario en dos horas. De las joyas y de la ropa.

–Mi boda es dentro de tres horas.

–Tiene que hacerse ahora. Su padre lo utilizará para decidir cuáles de sus posesiones han de quedarse en el palacio. Ha dispuesto el personal necesario para embalar el resto durante la celebración.

–Marion, llama a mi padre por teléfono –dijo con un tono más áspero del que utilizaba normalmente.

Primero, el comunicado de prensa que se había emitido sin que ella lo supiera, en el que se decía que todas sus obligaciones relacionadas con la monarquía quedaban suspendidas por el momento, para darle tiempo de acomodarse a su nuevo estado, ¿y ahora, aquello?

¿Cuál sería el siguiente castigo de su padre? ¿Obligarla a quedarse en ropa interior y hacer el camino de la vergüenza como sus ancestros en la época medieval?

Marion le dijo que su padre no estaba disponible,

que la vería cuando hubiera de acompañarla hasta el altar.

Catalina se obligó a aparentar calma, ya que nada se podía hacer por el momento, pero, cuando Aliana y Louisa llegaron entusiasmadas y ella se sentó ante el tocador para que pudieran empezar con su trabajo, no logró desconectar sus pensamientos.

¿Tan vergonzoso era lo que había hecho? Al fin y al cabo, a Isabella, su hermana menor, le habían permitido casarse con un plebeyo. Su padre incluso le había dado sus bendiciones. Pero, claro, el marido de Isabella, aunque plebeyo, no tenía la reputación de Nathaniel. E Isabella siempre había sabido cómo manejar a su padre y a su hermano con el dedo meñique.

Catalina siempre había sido la hija buena y obediente, y un solo error había bastado para hacer de ella una repudiada.

Uno, no. Dos. Había dejado escapar a Helios. En opinión de su padre, había sido culpa suya que su compromiso quedara cancelado. La hija que había criado para que se casara con uno de los príncipes Kalliakis –cualquiera de ellos habría valido–, los había dejado escapar a todos ellos, destruyendo el Gran Matrimonio que había urdido desde el día de su nacimiento.

Por eso su padre había dejado que Isabella se casara con Sebastien: porque esperaba con arrogancia que Catalina pudiera enganchar el primer premio.

A pesar de la serenidad que aparentaba mientras sus acompañantes revoloteaban a su alrededor maquillándola y peinándola, tenía la sensación de que alguien arañaba la superficie de una pizarra con las uñas, viendo cómo Lauren y sus ayudantes rebuscaban en su guardarropa y en sus joyeros. Incluso una de ellas anotó los pendientes que llevaba puestos.

–Seguro que te habría gustado que tu madre estuviera aquí para verte –observó Marion, fingiendo una compasión que no sentía, un momento antes de salir de sus habitaciones. Aliana, que estaba retocando la posición de la corona, la miró frunciendo el ceño. Marion no era un miembro querido del personal.

Catalina miró el reflejo de su prima en el espejo, apretando sin querer el satén marfil de su vestido.

Había hecho todo lo posible por no pensar en su madre aquel día. Marion habría sido más delicada si le hubiera atravesado el corazón con un puñal.

–Gracias por recordarme lo que me falta –respondió con suma frialdad–. Tu apoyo en el día de hoy ha sido de un valor incalculable.

Tomó la mano de Aliana y se levantó.

Si su madre viviera, habría sido su mano la que habría tomado. Su madre era la única persona con la que nunca había tenido que ponerse la máscara.

Parpadeó rápidamente para deshacerse de las lágrimas que inesperadamente le habían brotado en los ojos y se llevó la mano al estómago.

Si su madre viviera, todo sería exactamente igual. Ella siempre anteponía la Casa de Fernández a todo lo demás. El deber por encima del deseo. El deber por encima del amor. Tendría que erguirse y llevar la cabeza bien alta, pero, si su madre viviera, podría aferrarse a su mano al hacerlo.

Aun tratándose supuestamente de una boda íntima y pequeña, unos cien invitados se apiñaban en la capilla palaciega de Monte Cleure. Nathaniel estaba convencido de que, si Catalina se casara con un aristócrata, la ceremonia habría tenido lugar en la famosa catedral del país, con miembros de la realeza y líderes de otros países como invitados. Las celebraciones durarían todo un fin de semana, y no habría bastado con el servicio corto y el banquete que iban a tener ellos.

Para cualquier otra persona, una boda como aquella sería un evento del que estar orgulloso, menos para Catalina, que sería otro castigo más.

Desde luego el rey estaba siendo muy hábil. Una boda como aquella le mostraría al mundo que apoyaba a su hija, a pesar de que desaprobaba a su yerno. Cuando el matrimonio se disolviera un año después, el rey sería considerado como un padre sabio y amoroso que anteponía la felicidad de su hija a sus propias dudas.

Intentó imaginarse al niño que se estaba formando en el vientre de Catalina. «Su hijo». Una vida frágil que necesitaría su amor y su protección. Las promesas que estaba a punto de pronunciar le permitirían hacerlo.

Al fondo de la capilla, un fotógrafo manipulaba el trípode de su cámara. La revista *La Belle* iba a publicar una edición especial dedicada a la boda, pero él había dejado muy claro que no quería saber nada de fotos, aparte de las oficiales.

–No falta mucho –murmuró Sebastien Duchamp a su lado.

Sebastien, experto en seguridad, se había casado con la hermana menor de Catalina el año anterior y era su padrino. El rey había insistido en que lo fuese, y al menos a él no tenía que mentirle. Siendo miembro de la Casa de Fernández, aunque en un sentido periférico, conocía exactamente el porqué de aquella boda.

Al volverse vio a Dominic. El príncipe tenía una expresión malévola y recordó otra vez el aviso de Catalina. Aunque le había quitado importancia, había creído prudente incrementar la seguridad y había contratado a Sebastien el día después de aquella horrible ópera para que revisara a conciencia su casa y sus oficinas en Monte Cleure. Todo estaba en orden. Detestaba que los hombres se pasearan con los guardaespaldas pegados a los talones. No era más que un símbolo de estatus. Pero había contratado a cuatro hombres de Sebastien durante los meses que fuera a durar su matrimonio, ya que el padre de Catalina se había negado a que los guardaespaldas de su hija se fueran con ella.

Consultó el reloj.

Faltaban dos minutos.

Entonces, justo a tiempo, llegó Catalina.

Los invitados se pusieron en pie y giraron la cabeza hacia atrás para poder ver a la novia.

La lluvia que arreciaba fuera era ya una tormenta en toda regla, y unas intensas ráfagas de viento tiraban de la cola de su vestido de color marfil, que tenía un escote redondo que insinuaba el comienzo de sus senos y ceñía su cintura. Era como si llevase una máquina de viento detrás.

Un velo le cubría la cara, y cuando la vio avanzar despacio por el pasillo central pensó que parecía una estatua que caminase. Nada en su lenguaje corporal sugería ninguna clase de emoción. La única persona menos animada aún era el rey. Si se le ocurría apretar un poco más la mandíbula, se le rompería la cara.

Cuando llegaron ante el altar, el rey dio un paso atrás sin dignarse siquiera a mirar a Nathaniel.

Con una tensión que no había sentido en décadas, levantó el velo.

Catalina no fue lo bastante rápida en ocultar lo que brillaba en sus ojos: estaba furiosa.

Entonces parpadeó, la furia se desvaneció y en su lugar quedó la máscara de porcelana de su hermoso rostro.

Catalina no tenía apetito. Estaban ya en los postres, y no podría decir lo que habían servido en los platos anteriores. No podía echarle la culpa a las náuseas matinales. Irónicamente aquel había sido el primer día desde hacía semanas en el que no había sentido náuseas. Tenía el estómago demasiado vacío para sentir nada.

El banquete se había servido en la sala más pequeña del palacio. Casi le sorprendía que no lo hubieran organizado en el invernadero.

No había tenido ocasión de preguntarle a su padre por lo del inventario ya que, deliberadamente, había esperado hasta el último momento para llegar a la entrada de la capilla y las puertas se habían abierto antes de que tuviera ocasión de despegar los labios.

Recordar cómo había sido su comportamiento en la boda de Isabella, cuando la había ido a buscar personalmente a sus habitaciones para llevarla hasta la catedral en un carruaje abierto, sonriendo orgulloso...

Incluso Isabella, que habitualmente estaba siempre centrada en sí misma y solo había llegado al palacio unos minutos antes de que se iniciara la ceremonia, se había enfadado al ver cómo habían tratado a su hermana, y había sido ella quien le había dado la mano hasta llegar a la capilla.

¡Isabella, la afortunada! Se había enamorado locamente de un plebeyo y tanto su padre como su hermano le habían dado sus bendiciones para que se casaran. Ver con sus propios ojos cómo sería un matrimonio verdadero, algo que ella nunca iba a tener...

El afecto que brillaba entre Isabella y Sebastien exacerbaba el contraste entre ella y su marido. Durante el banquete, la conversación entre ambos había sido educada, muy educada.

No es que esperase muestras abiertas de afecto, pero él se había comportado como si fuera una comida como cualquier otra, y ella fuera una persona más que le habían sentado al lado. No había intimidad en su mirada, no había nada, ni siquiera la chispa que habían compartido en el pasado.

El beso que había sellado sus votos en la capilla había sido apenas un roce de los labios, con menos intensidad que el beso de buenas noches de un pariente.

El dolor que sentía en el corazón era cada vez más grande. Qué ridiculez. Sabía lo que se cocía allí.

—¿Quién ha venido de tu parte? —le preguntó. Había buscado entre los rostros de los invitados algún desconocido para ella.

—Nadie.

—¿Por qué?

—Porque esto es una farsa.

—Sí —respondió ella, y tomó un sorbo de zumo de naranja—. Pensaba que a lo mejor querrías que tu familia hubiera estado aquí para apoyarte.

Sabía que había perdido a sus padres siendo aún un niño, pero alguna familia le quedaría, ¿no?

—No tengo muchos parientes —contestó con una breve sonrisa, y tomó un bocado de su milhojas.

—¿Los has invitado?

—No —respondió él, y miró el plato sin tocar que ella tenía delante—. Tienes que comer algo.

—No tengo hambre.

¿Cómo iba a poder comer habiendo una habitación llega de gente que los miraba? Estaba acostumbrada a que cada uno de sus movimientos fuera escrutado, pero aquello le estaba resultando mucho más intrusivo. No se había confirmado nada de manera pública sobre su embarazo, pero todos los presentes lo sabían o lo sospechaban.

En el transcurso de unas horas abandonaría la única

casa que había conocido hasta entonces para irse a la de
un hombre que la consideraba una carga.

Ellos no serían felices y comerían perdices.

La tormenta había amainado ya cuando la celebración tocó a su fin, y ante la sugerencia de Nathaniel de
que se marchasen ya cuando apenas eran las once, Catalina sonrió y se levantó en silencio.

Se había comportado de maravilla durante la recepción. Una princesa en todo el sentido de la palabra. Su
falta de apetito había sido el único signo externo de que
algo no iba bien. Eso, y que sus ojos reflejaban la emoción de una muñeca de porcelana. Era imposible saber
qué tenía en la cabeza.

—¿No vamos a esperar a que carguen mis cajas? —le
preguntó cuando su chófer arrancó el coche.

—Ya las han enviado a mi casa.

Ella asintió y miró por la ventanilla.

Hubo muchos minutos de silencio y al final, él dijo:

—¿En qué piensas, Catalina?

Ella respiró hondo.

—Esta mañana, mi padre envió a su asistente y a varias personas más de su equipo a hacer inventario de
mis posesiones.

—Cuando dices posesiones, ¿a qué te refieres?

—A todo. Ropa, joyas, libros... todo. Y el momento
no ha sido aleatorio, sino deliberado. Ha elegido el
momento en que me estaba preparando para la boda, y
me preocupa con qué fin lo habrá hecho. Ha sido una
advertencia, de eso no me cabe duda. Una demostra-
ción de poder. No sé —reposó hacia atrás la cabeza y
cerró los ojos—. Otro castigo por la situación en que los
he puesto a todos.

Nathaniel apretó los puños.

Le irritaba que el rey permitiera que los prejuicios de Dominic le influyeran tanto. Entendía que al rey no le pareciera lo bastante bueno para su hija –con su reputación, no era de extrañar– pero que la tratase de ese modo era imperdonable.

A su memoria acudió cómo había tratado él a su propia familia. Había sido imperdonable también, y por mucho que fuera su arrepentimiento, nada podía cambiarlo.

–Estoy seguro de que no tienes nada de lo que preocuparte –mintió.

Por el rabillo del ojo vio su pecho subir y bajar, y aquellos senos gloriosos y tan llenos hicieron también el movimiento. El deseo que se había pasado el día conteniendo cobró fuerza de pronto, y se sintió lanzado a la noche en que la tuvo debajo de él, desnuda, con el latido del corazón palpitando en el pecho.

Haciendo un esfuerzo, porque no quería separarse ni un centímetro de ella, se había movido para alcanzar un preservativo, pero ella le había agarrado por la muñeca para preguntarle:

–¿Siempre usas protección?

–Siempre.

–Si esta va a ser la única oportunidad que voy a tener de hacer el amor con alguien a quien desee, quiero experimentarlo todo. Quiero sentirte dentro de mí tal como estás.

Miró aquellos ojos en los que un hombre podía perderse, y supo que hablaba en serio. Y que él quería experimentarlo todo también, como nunca antes lo había deseado.

–Por favor –le rogó ella en voz muy baja–. Solo esta vez.

Y la tomó sin protección. Lo había hecho despacio, empleando toda su experiencia y fuerza de voluntad para retirarse a tiempo.

Se le ocurrió que ahora que era su mujer y que aquel instante de locura había resultado en un embarazo, iba a poder hacerle el amor cuando y donde quisiera sin restricción alguna.

Apartó el pensamiento enfadado consigo mismo por dejar que su mente tomase una dirección que no debía.

Aquel matrimonio tenía por objeto asegurar los derechos de su hijo, proteger a Catalina del rencor de su familia y salvaguardar la gran inversión que había hecho en aquel país. Nunca podría llegar a ser nada más.

El silencio entre ellos duró hasta que el chófer aparcó en el garaje subterráneo del edificio. Justo enfrente de la plaza estaba el ascensor privado, custodiado por un guardia de seguridad.

Nathaniel tecleó un código y las puertas se abrieron.

—Este ascensor es solo para nosotros —le explicó—. Sube solo hasta mi casa.

Cuando llegaron al último piso, se hizo a un lado para dejarla pasar.

A Nathaniel le gustaba vivir cómodamente. Tenía propiedades por todo el mundo, y no carecía de nada. Aunque no trabajase un solo día más en su vida, seguiría sin carecer de nada.

Pero Catalina era una princesa. Había sido criada en el palacio de una de las familias más antiguas y famosas del mundo, de modo que el lujo no era nuevo para ella, aunque el lujo en el que Nathaniel vivía era muy distinto, mucho más moderno.

—No es como me lo esperaba —dijo, siguiéndole a la zona principal de la casa, un espacio grande y abierto. Toda la última planta del edificio era su piso, con sus techos altos y sus magníficos ventanales, y a Catalina le llamaron la atención el mobiliario y los adornos.

—¿Qué esperabas?

–Algo más ostentoso. Es más grande de lo que pensaba. Me recuerda a los lofts de Nueva York.

–¿Has estado en Nueva York?

–No –sonrió, aunque con cierta tristeza–, pero *La Belle* suele entrevistar a neoyorquinos famosos en sus casas. Me gusta ver fotos de las casas de otras personas.

–Pero has viajado –comentó Nathaniel, sorprendido por esa especie de nostalgia que había visto en ella.

–Mucho. Tras la muerte de mi madre, yo pasé a ser la consorte oficial de mi padre y le he acompañado a muchas de sus visitas de estado. Siempre nos alojábamos en residencias oficiales, y no en casas informales –alzó los hombros–. Vivir en un sitio como este va a ser... nuevo para mí.

Como sacar a un cisne de su lago y ponerlo en una charca.

–Te presentaré a Frederic –dijo–. Te facilitará la transición.

Segundos más tarde apareció su mayordomo, tomó la mano de Catalina y se inclinó.

–Es un honor tenerla aquí, Su Alteza.

La sonrisa que le dedicó fue la primera sincera de todo el día.

–Si voy a vivir aquí, debería llamarme Catalina.

El hombre pareció casi ofendido.

–Nunca podría ser tan informal.

–Solo en privado. Cuando haya invitados, puede ser todo lo formal que quiera.

–Bien hecho –la alabó Nathaniel cuando Frederic salió hacia la zona de personal–. Lo has tenido comiendo de tu mano en treinta segundos.

–La gente siempre se asusta al conocerme. Creo que piensan que no soy de carne y hueso.

–Cuando te conozcan, cambiarán de opinión.

Ella asintió.

–¿Puedo preguntar cuándo llegarán mis acompañantes?

–¿No te lo ha dicho tu padre? Tus acompañantes se quedan en palacio.

Catalina abrió un poco más los ojos.

–Es para minimizar el impacto –dijo–. Cuando nuestro acuerdo termine y vuelvas al palacio, estarán preparadas para retomar sus tareas. Mientras, tengo personal aquí que se ocupará de todas tus necesidades.

En realidad, las palabras de su padre habían sido: «Ella puede vivir contigo en tu casa, pero el personal que la atiende pertenece a la Casa de Fernández, y no se van a ir a ninguna parte».

Una cosa más que no iba a compartir con ella.

–Eres muy amable –dijo, y su voz sonó un poco ahogada.

–Debes de estar cansada. Voy a enseñarte tu habitación. Mañana ya te presentaré al resto del personal.

–Estoy deseando conocerlos –respondió con una sonrisa que no le llegó a los ojos.

–La zona de descanso está por aquí.

Consciente de que ella lo seguía, Nathaniel avanzó hacia el otro lado de la zona de estar. Las luces se encendieron automáticamente cuando la abrió, bañando el espacioso distribuidor.

Abrió la puerta de la derecha.

–Esta es tu habitación. El personal ha colocado tus cosas en el vestidor. El baño está equipado con lo necesario, pero, si hay algo que te falte, pulsa el botón verde que hay al lado de la cama. Frederic ha accedido a estar de guardia durante la noche. Si hay algo que necesites, sea lo que sea, pulsa el botón y él vendrá.

Y siguió hablando, consciente de que ella parecía haberse retraído.

—¿Tienes todo lo que necesitas? —le preguntó al terminar de enseñárselo todo.

Ella asintió.

—En ese caso, te deseo buenas noches.

—¿Dónde vas?

Eran las primeras palabras que pronunciaba desde que habían entrado allí.

—A la cama. Ha sido un día muy largo.

—Pero... —por primera vez en los años que la conocía, se ruborizó—. ¿No vamos a compartir cama?

—No —respondió Nathaniel con mucha más dureza de lo que pretendía—. Dormir juntos solo nos acarrearía más problemas.

—Pero nadie se va a creer que nuestro hijo ha sido concebido dentro del matrimonio si no compartimos la cama.

—Todo el mundo piensa ya que nuestro matrimonio ha sido de penalti. Y nadie sabrá cómo o dónde dormimos —añadió.

—Tu personal, sí.

—Ellos no dirán una palabra.

—¿Cómo puedes estar seguro?

—Porque me son fieles.

—Pues debes de pagarles una fortuna para estar tan seguro de que no vayan a vendernos.

—La lealtad no tiene precio.

—En mi mundo, sí.

—Esta va a ser tu casa a partir de ahora, así que no tendrás que preocuparte por que pueda haber espías o alguien que le vaya con el cuento a Dominic o a tu padre. Mi personal es muy discreto y te cuidará bien —abrió la puerta—. Buenas noches, Catalina.

—Buenas noches —susurró ella, cuando ya se cerraba.

Capítulo 5

CUÁNTAS humillaciones podía soportar una persona?

Catalina parpadeó para contener las lágrimas que habían estado amenazando con brotar todo el día.

Nathaniel ya no la encontraba atractiva. Era la última indignidad que añadir a un día que había sido espantoso. El peor desde aquel en que tuvo que despedirse de su madre.

Se volvió a mirar aquella habitación extraña que iba a ser solo para ella. Ni siquiera iban a fingir ser un matrimonio de verdad. Durante doce meses iba a ser la esposa de Nathaniel y él no deseaba tener relación física alguna con ella.

El rechazo de Helios había sido doloroso, pero aquel lo era todavía más. Infinitamente más.

La náusea que había controlado durante todo el día atacó con fuerza de repente y a duras penas llegó al cuarto de baño, donde arrojó la poca comida que había logrado ingerir.

Luego, se sentó en el suelo y se tapó la cara con las manos. Era difícil pensar con aquel zumbido en la cabeza, pero tenía que hacerlo.

Aquel apartamento iba a ser su hogar durante el siguiente año, y no podía pasarse los doce meses tirada en el suelo del baño compadeciéndose. La autocompasión no cambiaba nada.

Poniéndose en pie con dificultad miró la bañera

exenta y la ducha, intentando decidir cuál usar, y se dio
cuenta de que sus útiles de aseo habían sido colocados
en una bandeja junto a la bañera, exactamente de la
misma marca que los que ella utilizaba en casa.

En cierto modo, Nathaniel estaba intentando hacerle
aquella transición lo menos dolorosa posible. Y al ver
su reflejo en el espejo cayó en la cuenta de que, tanto
para bañarse como para ducharse, iba a necesitar quitarse el vestido de novia, pero ¿cómo?

En sus sueños se había imaginado que sería Nathaniel quien lo hiciera. De hecho, el sueño había conte-
nido todo lujo de detalles.

¿Entre las ocupaciones de Frederic estaría ayudarla
a desvestirse? Seguramente, no. A un hombre no podría
pedírselo.

¿Y a Nathaniel?

Por supuesto que no. No quería volver a darle una
excusa para rechazarla.

De modo que era una mujer adulta tan indefensa
como una criatura. Así la habían educado. No había
sido decisión propia.

Pues bien: ya era hora de aprender a valerse por sí
misma, y aquel momento era tan bueno como cualquier
otro para empezar.

Volvió al dormitorio y buscó por cajones y armarios
hasta encontrar lo que buscaba. Aplicó la punta de la
tijera a la manga del vestido y comenzó a cortar. Y no
dejó de hacerlo hasta que la tela se desprendió de su
cuerpo y pudo quitárselo. Fue como si mudase de piel.

–¿Estás segura de que esto es todo lo que han enviado desde el palacio? –le preguntó a Clotilde, que la
observaba con ansiedad. Estaban en el vestidor, que
apenas se había llenado en un cuarto de su capacidad.

Clotilde asintió.

—Solo dos maletas. ¿Esperaba más? Desde luego, no me ha parecido mucho para una princesa.

Catalina hizo un esfuerzo por sonreír.

—Gracias por ayudarme. Estoy segura de que debe de tratarse de un error. Llamaré a mi padre y pediré que me envíe el resto de mis pertenencias.

Nathaniel había dicho que podía confiar en la discreción de su personal, pero él no se había pasado la vida rodeado de espías y delatores.

Clotilde se había presentado veinte minutos antes con el desayuno, y le había informado con entusiasmo que sería su doncella. Era unos años más joven que ella, y resultaba un soplo de aire fresco que le recordaba a Aliana, su acompañante favorita en el palacio.

Pero por agradable que le pareciera, era demasiado pronto para confiar en ella.

—¿Qué quiere que haga ahora?

—¿Puedes mostrarme cómo funciona la ducha?

Tenía unas ganas tremendas de darse una ducha después de quitarse el vestido, pero no había sabido cómo manejarla, y en aquel momento, una vez descubierto lo que había hecho su padre, quería tener un momento de intimidad para olvidarse de todo y reorganizar sus pensamientos antes de que el escozor que notaba en los ojos se transformase en lágrimas.

Siguió a Clotilde al baño.

—Es que nunca he tenido que poner en marcha una ducha o la bañera —admitió, deseando no tener que explicarse así—. Nunca. Mis acompañantes lo hacían por mí.

—Me encantaría ser una princesa —Clotilde suspiró mientras abría los grifos—, y que alguien me lo hiciera todo.

Catalina sonrió con cierta tristeza.

—Ni siquiera me he tenido que cepillar nunca el pelo.

–Me encanta su pelo. ¿Quiere que se lo cepille yo? No podía ser tan difícil.

–Creo que ya es hora de que aprenda a hacerme las cosas más básicas, ¿no te parece?

Por la forma en que la miró, Clotilde no estaba en absoluto de acuerdo con ella.

–Gracias por tu ayuda, pero ya puedo arreglármelas sola.

–Creo que Nathaniel no estaría muy contento si la dejara cuidarse sola.

¿Esperaría recibir informes de su comportamiento como antes hacía su padre en el palacio?

–Pues no se lo digas.

–Es que me dijo que debía estar con usted en todo momento.

Catalina apretó los dientes, pero no dejó que ella lo viera. No era culpa de Clotilde, sino de su jefe.

–¿Por qué no me esperas en el dormitorio?

–¿Me llamará si necesita algo?

–Por supuesto. Gracias, Clotilde.

Y su nueva acompañante sonrió al cerrar la puerta del baño.

Sola por primera vez desde que se había despertado aquella mañana, cerró los ojos y se esforzó para que las lágrimas que se le agolpaban detrás de los párpados no se desbordaran.

En el palacio tenía tres habitaciones en exclusiva. ¿Cómo era posible que todo ello hubiera quedado reducido a dos maletas? Todo cuanto tuviera valor sentimental o económico se había quedado allí. La parte que le correspondía de las joyas de su madre...

Podía entender que su padre quisiera conservar la herencia que había ido pasando de generación en generación en la Casa de Fernández, aunque habría estado bien que le hubiera comunicado sus intenciones, pero

¿por qué habría de quitarle las piezas que pertenecían a su madre, los regalos que le habían hecho o lo que había heredado de su propia familia? ¡Eso no le pertenecía ni siquiera a él!

Poniéndose la mano en el vientre se preguntó, y no por primera vez, si tendría un niño o una niña.

No solo las joyas de su madre y la mayor parte de su vestuario, sino todo lo que su madre le había dejado, al igual que su colección de libros y de arte, eran todas las cosas que ella misma pensaba legarles a sus hijos.

No había mejor modo de expresar que era una desterrada. Aquel había sido el modo en que su padre y su hermano querían decirle que, si no se comportaba, no le permitirían volver al redil.

Estaba haciendo cuanto ellos habían dispuesto y, por primera vez, se preguntó si deseaba volver. Se había pasado la vida creyendo en el deber y en la lealtad. ¿Era mucho pedir esperar un poco de esa misma lealtad y compasión a cambio?

Nathaniel dejó a un lado los expedientes y decidió poner punto final a la jornada de trabajo.

Al salir del despacho notó un movimiento y se dio la vuelta.

Catalina estaba medio dentro medio fuera del salón.

—Me había parecido oír un ruido —se explicó.

—Acabo de terminar por hoy.

Cerró la puerta a su espalda, pero no quitó la mano del picaporte. Catalina llevaba puesto un camisón blanco, largo y de escote cerrado, al más puro estilo victoriano, pero las mangas eran de un tejido tan fino que transparentaban sus delgados brazos. Llevaba la melena suelta. Parecía inocente. Limpia y pura. Pero su innata sensualidad lo atravesaba todo.

—¿Dónde está Clotilde?

Asignarle una doncella en exclusiva había funcionado bien para él y para ella. Había logrado pasar tres días viviendo bajo el mismo techo sin encontrarse con su esposa, hasta aquel momento.

—Me está preparando un chocolate caliente —alzó un hombro—. No me ha dejado que la ayude.

Su personal había recibido instrucciones precisas: bajo ninguna circunstancia debían permitir que la princesa hiciera algo por sí misma. Frederic había hablado con un miembro del personal de palacio que le había revelado que lo único que los miembros de la familia real hacían personalmente era lavarse los dientes, excepto el rey, que dejaba incluso esa tarea para sus asistentes.

—¿Qué tal te adaptas? ¿Tienes lo que necesitas?

—Me están atendiendo bien —Catalina dio unos pasos hacia él—. ¿Te veré mañana?

—Estaré en casa.

—No es eso lo que te he preguntado.

—Lo sé —respondió él, intentando no fijarse en que la luz cenital del corredor hacía que el camisón quedara prácticamente transparente—. Estaré en casa, pero trabajando.

Respirar empezaba a ser dificultoso porque el perfil de sus pechos era visible bajo el camisón, una prenda anticuada y modesta que estaba despertando su libido más que cualquier lencería sexy. Porque sabía lo que había debajo y el éxtasis que había encontrado en sus brazos.

No debería mirar. No era un adolescente gobernado por las hormonas... pero es que estar tan cerca de ella le hacía sentirse como si lo fuera. Era una tentación, un peligro tan grande como el mayor que había conocido a lo largo de los años, que había arruinado su vida y le había convertido en un exiliado de lo que quedaba de su familia.

Se había pasado los tres días intentando ponerse al día con el papeleo, pero solo había logrado el diez por ciento de su rendimiento habitual. El resto del tiempo lo había pasado mirando la puerta y preguntándose qué estaría haciendo ella.

Podría decirse que era la preocupación por una princesa obligada a salir de su palacio para vivir entre plebeyos lo que le hacía pensar en ella constantemente, pero mentirse era algo que no había tolerado desde que tenía diecisiete años, cuando se mintió diciéndose que su libido era más fuerte que su moral.

Y en ese momento la tenía allí, mirándolo fijamente, con su perfume alterándole los sentidos, su cuerpo visible debajo de aquel camisón tan fino que...

—Deberías ponerte una bata encima de ese camisón —le espetó con una brusquedad que no pretendía.

—¿Por qué? —preguntó ella, y bajó la mirada. A continuación miró al techo, luego volvió a mirar hacia abajo y se puso del color de la grana.

Aquel era el momento en que debería retirarse a su habitación. Debería estar cuanto más lejos mejor, y no conteniendo el deseo de empujarla contra la pared y arrancarle el dichoso camisón.

—Estas luces deben de ser más potentes que las del palacio —susurró ella tras un instante de doloroso silencio, pero curiosamente no hizo nada por taparse o por quitarse de debajo de aquella luz.

La aparición de Clotilde con una taza de porcelana y su plato en las manos rompió la tensión.

Catalina se apartó de inmediato de la luz y dio las gracias a Clotilde.

—¿Quiere que le prepare también un chocolate o algo? —se ofreció sonriente.

–Ya me lo prepararé yo cuando me vaya a ir a dormir.

Y con una leve inclinación de cabeza dirigida a ambas, pero sin mirarlas a los ojos, Nathaniel dio las buenas noches y se metió en su habitación.

Catalina estaba sentada en la cama, hojeando una de las revistas que Clotilde le había dejado en el dormitorio mientras ella se daba un baño. Había decidido que tenía que empezar a hacer cosas por sí sola, aunque Clotilde se quedara sin el merecido galardón a Mejor Doncella del año.

Y tenía que encontrar cosas en las que emplear su tiempo, ya que sus compromisos oficiales habían sido cancelados hasta el nacimiento del bebé. Los días le parecían una sucesión interminable. Tendría que hablar de ello con Nathaniel. Pero vestida, no en camisón.

Las mejillas volvieron a arderle al recordar el momento en que se había dado cuenta de que la luz del pasillo transformaba el algodón de su camisón en un tejido transparente. Y ese ardor se desplazó a un lugar más íntimo al recordar la expresión de sus ojos, y el hambre inconfundible que había visto en ellos. La había reconocido de la noche en que engendraron a su hijo.

Era esa hambre lo que la empujaba a mirar a la puerta con frecuencia, con los sentidos alerta por si se percibía el sonido de unos pasos al acercarse.

¿Sería aquella la noche en que acudiría a ella? ¿Llamaría a la puerta decidido a consumar su matrimonio?

Y ella, ¿le dejaría hacer, o le diría que no?

Oyó un ruido y dejó de respirar.

Unos segundos después, se recostó contra el cabecero y cerró los ojos.

No, no podía jurar que, si él aparecía y se metía en

su cama, ella fuera a rechazarlo. No sabía lo que iba a hacer.

Pero no iba a tener ocasión de averiguarlo. Tres horas más tarde, cuando la medianoche no era más que un recuerdo distante, apagó su cansado cerebro y se quedó dormida.

Capítulo 6

CATALINA salió del dormitorio para ir al comedor acompañada por Clotilde, que le iba abriendo las puertas, y se llevó una buena sorpresa al encontrarse con Nathaniel allí, leyendo el periódico y con un plato vacío al lado.

Normalmente, solo se dignaba a hacerle compañía en la cena, que entretenía haciéndole preguntas sobre su salud y otras cosas sin importancia hasta que los platos quedaban vacíos y se excusaba para levantarse. Diez días llevaba así.

—¿Has dormido bien? —se interesó, levantándose para recibirla.

—Sí, gracias.

Se acomodó en la silla que Clotilde separó para ella. Le llevaron un té descafeinado, pidieron lo que querían desayunar y se quedaron solos.

—Es una sorpresa verte aquí —dijo ella—. A estas horas sueles estar ya en el despacho.

—Trabajaré en el vuelo.

—¿Dónde vamos?

—Voy a Shanghái. Hay unas tierras que quiero comprar allí.

—¿Yo no voy contigo?

—Es un viaje de negocios. Te aburrirías.

Catalina sabía reconocer una negativa tajante, así que prefirió no insistir más, sonrió y tomó un sorbo de té, aunque por dentro estuviera renegada.

—¿Cuánto tiempo vas a estar fuera?

—Un par de semanas.

—¿Tanto?

—Comprar terrenos allí no es fácil, sobre todo para los extranjeros.

—¿Me vas a dejar sola dos semanas? —preguntó, sin poder contenerse.

—Mi personal cuidará de ti.

—Sé que lo harán, pero no me refiero a eso. ¿No crees que resultará extraño que dejes a tu esposa apenas unos días después de habernos casado?

—Para quien me conozca, no.

—¿Cuándo te marchas?

—Dentro de una hora.

Estaba tan furiosa que por primera vez en su vida deseó golpear a alguien.

—¿Y tienes pensado viajar mucho en un futuro próximo?

—Después de Shanghái, volveré unas semanas y me marcharé a Grecia. Y luego...

—¿Puedo ir contigo a Grecia?

Él se frotó la nuca e hizo una mueca.

—Catalina, va a ser un viaje de trabajo, no unas vacaciones.

—No te estorbaré.

Él negó con la cabeza y ella ya no pudo más y explotó.

—¿Lo haces deliberadamente para humillarme?

—No sé qué quieres decir.

—Apenas nos hemos casado y te vas a ir al otro lado del mundo sin mí. ¿Qué clase de mensaje envía eso? Y no solo para los demás, sino para mí. ¿Es que soy tan mala compañía que no puedes soportar estar a mi lado ni siquiera un tiempo limitado?

—En absoluto...

–Entonces, no tienes una excusa razonable para no dejarme ir contigo a Grecia.

–No necesito tener una excusa razonable. La respuesta es no. No necesito el inconveniente añadido de tener que vigilar a una princesa mientras trabajo. Y, si te quedas aquí, en este apartamento, no tengo que preocuparme.

–Soy una princesa, no una niña.

–Eres mi responsabilidad.

–Te estás inventando excusas para mantenerme lejos de ti. ¿Es que he hecho algo que te ha ofendido? ¿Es que huelo mal?

Él la miró fijamente, y era la primera vez que lo hacía desde la noche del camisón. Desde entonces había tenido la sensación de ser invisible para él.

–Catalina, nuestro matrimonio no es real –le dijo, frustrado.

–Eso lo has dejado ya perfectamente claro.

–Y tú sabías lo que firmabas cuando accediste a ello.

–Entonces, dime qué puedo hacer. No estoy acostumbrada a permanecer ociosa, sino a tener ocupaciones. ¿Quieres que me quede aquí metida, mirando el reloj, contando los minutos que quedan para que puedas deshacerte de mí?

Nathaniel se levantó y salió del comedor, y por la forma en que la miró, quedó perfectamente claro que era precisamente eso lo que esperaba de ella.

Había pasado ya una semana desde que Nathaniel se marchó a Shanghái, y ni siquiera había tenido la decencia de llamarla.

Incapaz de dormir, Catalina permanecía contemplando la lluvia que golpeaba contra su ventana. El edificio de Nathaniel estaba en el corazón del barrio financiero, y las luces de colores iluminaban la oscuridad que reinaba fuera, señal de que su pueblo y quienes visitaban su país disfrutaban de la noche de Monte Cleure, una vida nocturna que ella nunca había podido experimentar.

Antes no consideraba restrictiva su vida. Lo aceptaba todo. Pero antes no le quedaba mucho tiempo para pensar. Ahora tenía tantas horas que llenar que al final no hacía más que pensar, y una de las cosas en las que pensaba era en lo mucho que se había perdido en la vida.

Cuando creía que se casaría con uno de los príncipes Kalliakis, pensaba que tendría cierta libertad, pero al saberse embarazada de Nathaniel y que iba a casarse con él... la vida real se había abierto ante ella durante unos segundos. Pero nada había cambiado.

De ella solo se esperaba que obedeciera. A nadie le importaban sus pensamientos ni sus sentimientos.

Nathaniel al menos la había escuchado, porque le había dado a Clotilde una tarjeta de crédito y le había ordenado que la llevase de compras. Pero a su doncella, no a ella, lo que le había dolido casi tanto como su negativa a permitirle acompañarlo en sus viajes, o la frialdad con que la había tratado desde que se casaron.

Obviamente, debía de considerarla tan vacua que creía que sus días podían llenarse yendo de compras. Nunca jamás había ido de compras.

Con el corazón dolido y sin una gota de sueño, salió del dormitorio con cuidado de no hacer ruido. Menos mal que las gruesas alfombras absorbían el sonido de sus pasos. Clotilde se había trasladado a una habitación contigua a la suya, convencida de que debía estar cerca por si necesitaba algo a cualquier hora del día o de la noche, y sus protestas no habían servido para disuadirla.

Avanzó hasta la cocina, decidida a no despertar a nadie. Solo quería hacerse un té sin que alguien le arrancase la tetera de las manos, no fuera a quemarse.

Al pasar por delante del despacho de Nathaniel, vio la puerta entreabierta y eso llamó su atención. Siempre estaba cerrada.

La curiosidad por ver una estancia que intuitivamente había considerado fuera de su alcance la empujó a abrir y encender la luz.

¿Por qué no iba a poder entrar? Era su esposa, aunque fuera solo de nombre.

Una gran mesa de caoba dominaba el espacio, que emitía una sensación de temporalidad. Sabía que Nathaniel tenía propiedades por el mundo en las que vivía semanas o meses. Nada era permanente en su vida, y menos su mujer.

Si con ella era tan frío, ¿cómo trataría a su hijo? ¿Qué clase de padre iba a ser? Seguramente, un padre ausente.

¿Quién iba a ocupar entonces el papel de padre de su hijo? ¿Su propio padre?

Un escalofrío le recorrió la espalda al pensar en Dominic. Una vez volviera al palacio, no iba a encontrar el modo de esquivarlo. Hasta que volviera a casarse, su padre y su hermano ejercerían el control sobre la vida de su hijo.

Y ella volvería a casarse. Con otro hombre que la dominaría, que esperaría que hiciese lo que se le ordenaba sin rechistar. Un hombre que, entonces, asumiría el control sobre su hijo.

Se llevó las manos al estómago, donde en aquel momento su pequeña vida crecía. La pequeña vida que era lo más precioso del mundo para ella.

Un maletín negro descansaba sobre la mesa. El despacho estaba tan ordenado, sin un solo bolígrafo fuera de su sitio, que aquel maletín la llamaba como si fuese un faro.

Presionó los dos cierres con los pulgares y dio un respingo. Esperaba que estuviese cerrado, pero los cierres se accionaron.

Abrió despacio la tapa. Lo que había en su interior jamás se lo habría imaginado: estaba lleno de paquetes de billetes de veinte euros.

Nathaniel y su arquitecto estaban en la suite del hotel examinando las breves notas que James había tomado en su anterior viaje para inspeccionar el terreno cuyo proceso de compra ya se había iniciado. La semana anterior había sido muy fructífera. Su equipo de búsqueda de casa había encontrado también unas cuantas casas para que él las viera, así que todo iba exactamente como había previsto...

El teléfono sonó, y el nombre de Alma apareció en la pantalla.

—Perdona —le dijo a James, y se acercó el teléfono al oído.

—¿Nathaniel?

Había terror en la voz de su asistente.

—¿Qué ocurre?

—¡Se ha ido!

—¿Quién?

—La princesa. Se ha marchado.

—¿Cómo puede haberse marchado?

—Clotilde fue esta mañana a su habitación a la hora de costumbre y no estaba, y el conserje dice que apareció en el ascensor a las cinco de la mañana y le pidió que le buscara un taxi.

—¿Os ha dicho adónde iba?

—No, pero hemos localizado al taxista y dice que la llevó al aeropuerto.

Nathaniel consiguió que su tono de voz no se alterase.

—Alma, dime cómo ha podido burlar la vigilancia de seguridad.

Había guardias en las puertas de acceso al edificio las veinticuatro horas del día.

—El taxi la recogió en el aparcamiento del sótano, al que entró utilizando el ascensor de servicio. Llevaba la cabeza tapada con un pañuelo, y los guardias no han tenido modo de saber que era ella —Alma bajó la voz para seguir hablando—. Eso no es todo. La mayor parte del dinero del club francés ha desaparecido. Ha debido de llevárselo.

Su primera reacción fue la de echarse a reír. ¿Catalina le robaba y salía zumbando? La idea era más que ridícula. Ella era la persona más responsable y escrupulosa que conocía.

Pero algo le contrajo el pecho, una repentina frialdad que le heló la sangre. ¿Se habría ido voluntariamente, o la habrían obligado? ¿Sería la rehén de alguien en ese momento?

—¿Dónde ha volado?

—Las autoridades del aeropuerto no nos dan esa información.

—Voy para allá.

Cortó y llamó a su piloto para pedirle que el avión y la tripulación estuvieran listos en una hora.

Esforzándose por controlar el miedo, hizo una serie de llamadas mientras metía la ropa en una maleta. Cuando estaba ya en el vestíbulo del hotel de camino al coche que esperaba, se había dado con suficientes muros de ladrillo como para saber que necesitaba buscar ayuda externa.

Tenía que llamar al rey de Monte Cleure y decirle que su hija mayor, recién casada y embarazada, había desaparecido.

Catalina llevó la bolsa con la compra que había hecho a la pequeña cabaña que había alquilado en el valle de

Benasque, en España, con la brisa fresca acariciándole el rostro. Las botas de nieve que llevaba le mantenían calientes los pies mientras avanzaba sobre la nieve pisada, y los guantes forrados de piel sintética hacían lo mismo con sus manos.

La cabaña de piedra, entre un grupo de otras similares, miraba al río Ésera, y la mayoría estaban ocupadas por esquiadores, que en cuanto llegaba el día se marchaban y la dejaban a ella disfrutar de aquel bendito silencio.

Dentro, el calor del fuego de la chimenea la recibió, y se quitó el grueso abrigo, el gorro, la bufanda, los guantes y las botas y llenó de agua la tetera.

Había necesitado cinco días para prepararse mentalmente y salir de la cabaña, empujada por la necesidad al quedarse vacíos los armarios, pero ahora se despertaba cada mañana con ganas de darse el paseo hasta el pueblecito de Benasque. Hasta la mañana en que decidió marcharse del edificio de Nathaniel, nunca había ido sola a ninguna parte.

En un principio no tenía un destino pensado. Solo la determinación de salir del país, una necesidad tan repentina y tan fuerte que no había tenido más remedio que seguirla. Se había puesto los vaqueros más viejos que tenía, un jersey negro corriente, se había cubierto la cabeza con un pañuelo de seda, y preparado el pasaporte y la bolsa de mano más grande que tenía. Luego había entrado en el despacho de Nathaniel y había metido cuanto dinero le cabía en ella.

Escapar del edificio y llegar al aeropuerto había sido sencillo. Una vez allí, había mirado el panel de salidas y el nombre de Andorra La Vella le había llamado la atención, no para quedarse allí, sino pensando en el pueblo de Benasque, en la frontera entre España y Francia, pero del lado español de los Pirineos.

Había comprado el billete con el dinero robado. Era la primera vez que pagaba algo, ya que hasta entonces, el palacio siempre lo había hecho por ella.

Pasó por un momento de pánico cuando la enormidad de lo que estaba haciendo le caló hondo, pero lo acalló con pensamientos sobre su hijo. Las semanas que había pasado en casa de Nathaniel habían puesto su vida en la debida perspectiva, y esa no era una vida que quisiera para su hijo. Si no abandonaba Monte Cleure ya, quizás no se le presentara otra oportunidad.

En Andorra, un agradable caballero del aeropuerto le indicó lo que debía hacer, y dos horas más tarde, ataviada ya con prendas de invierno, subía a un autocar en dirección al pueblecito del que su madre le había hablado de pequeña. De haber sabido que tardaría casi ocho horas y que se marearía tanto, habría tomado un taxi, pero el autocar favorecía el anonimato. Y de no haber sido por las vueltas que le daba el estómago, habría disfrutado mucho de la novedad.

No esperaba poder estar escondida para siempre. De hecho, le sorprendía haberlo logrado durante tanto tiempo ya. Lo único que quería era que la paz que había encontrado allí durase cuanto fuera posible antes de tener que hacer frente a todo. Un día más. Luego le diría a su padre que no iba a volver.

Guardó lo que había comprado y abrió la caja que contenía el teléfono móvil que había comprado también. No había llamado a Nathaniel. Seguramente habría sentido alivio con su marcha. Al fin y al cabo, lo había liberado de su responsabilidad hacia ella, y en cuanto al dinero...

Le ardieron las mejillas al pensar en lo que había hecho: robar. Era una ladrona. No podía quitarse eso de la cabeza. Ni eso, ni a él.

Ya no podía posponerlo más. Su familia podía esperar algo más, pero a él tenía que llamarlo aquella misma tarde.

Alguien llamó a la puerta.

Dejó el teléfono en la encimera y se acercó a la ventana de la cocina para ver quién era. En los diez días que llevaba allí, solo había tenido una visita, y había sido la del dueño de la cabaña.

El corazón a punto estuvo de saltarle del pecho cuando vio la figura de Nathaniel plantada ante la puerta.

Capítulo 7

NATHANIEL pateó el suelo para desprender la nieve de sus zapatos. Después de diez días de frenética búsqueda, la había encontrado.

Pasaron unos minutos hasta que fue capaz de hablar.

—Tienes muchas explicaciones que dar, princesa.

El alivio inicial había dejado paso a la furia. Si tuviera idea de lo que le había hecho pasar... cuando quedó claro que había desaparecido, experimentó el *déjà vu* más intenso de su vida: retrocedió veintiocho años y oyó aquel potente zumbido que precedió a la avalancha de nieve que alcanzó el lugar en el que estaba la cabaña de madera que era el bar de la estación de esquí.

El miedo había sido intenso. Sobrecogedor. Había momentos durante la búsqueda que el miedo le ardía en el estómago como si fuera ácido y se preguntaba si volvería a verla alguna vez, o si llegaría a conocer a su hijo.

Pero la había encontrado.

La cabaña era pequeña y diáfana, y Catalina parecía haberse quedado clavada en el sitio junto a la encimera. Había desconfianza en su mirada y una buena cantidad de miedo, pero también desafío.

—No irás a decirme que habías pensado poder esconderte para siempre, ¿verdad?

—¿Cómo me has encontrado? —fue su respuesta.

Nathaniel se sopló en las manos. El calor de la cabaña empezaba a descongelarle los huesos. Había olvidado el frío que podía hacer en invierno en las montañas.

–Empleando a los mejores. Supongo que has elegido este sitio deliberadamente –dijo, mirando a la princesa que tantos años había deseado desde lejos, a la princesa que podía ser tan cruel y taimada.

–Estoy aquí porque es un sitio que siempre había querido conocer –le espetó, mirándole a los ojos.

Había olvidado lo seductores que podían ser.

¿Cómo podía estar tan tranquila? Y él... él, hecho una bola de lava contenida en una cápsula que se degradaba por momentos, amenazando con explotar.

Diez días de preocupación. Le había robado un puñado de dinero, pero él solo se preocupaba por cómo iba a cuidarse sin la asistencia de veinticuatro horas al día a la que estaba acostumbrada. Esperaba encontrarla desarreglada y sin cuidar.

Sin embargo, su pelo brillaba, su tez tenía el sonrosado de la salud, y aparte de una tirita en dos de los nudillos de la mano izquierda, mantenía la misma compostura de siempre. Podría estar fregando baños o vestida con un mono de trabajo, que su porte siempre sería regio.

Pero ese cuerpo de sangre azul era tan femenino, tan terrenal, tan celestial al mismo tiempo como no había otro. Seda y crema envolviendo fuego.

–¿Un sitio que querías conocer y que resulta que está en lo alto de una montaña cubierta de nieve? ¿Has estado esquiando?

–Claro que no.

–Mejor que sea así.

–¿Mejor, o qué? –hubo un destello de fuego en sus ojos–. ¿Me castigarás?

–No digas tonterías.

–Pues no me amenaces. Me he pasado la vida recibiendo amenazas y no pienso soportar ni una más.

Su voz sonaba clara y firme. Solo el modo en que jugaba con la tela de la sudadera larga que llevaba encima de aquellos pantalones pegados revelaba inquietud bajo aquella fachada de serenidad. La había visto hacer lo mismo de camino a casa después de la boda, llevando puesto aquel vestido que tantas ganas había tenido de poder quitarle, de sustituirlo con sus labios y su cuerpo. Y también en la ópera, con aquel vestido largo, negro y ceñido que también había deseado poder quitarle.

–No te estoy amenazando, pero parece que has olvidado que el niño que llevas dentro es mi hijo.

Su voz era casi un grito. Su enfado era tal que estaba empezando a perder los estribos.

–Eso no te da derecho a mi cuerpo o a mi mente. No estamos en Monte Cleure. No hace mucho que encontrabas curioso que permitiera que mi familia tuviese la propiedad de mi cuerpo y de cómo usarlo, así que debería parecerte bien que me haya tomado en serio tus palabras. A partir de ahora, seré yo quien dicte lo que haga y no mi padre, mi hermano, o tú. No sé por qué estás aquí. Creía que estarías tan contento de haberme perdido de vista.

Él pensaba lo mismo hasta que el momento llegó de verdad.

–¡Maldita sea, Catalina, eres mi mujer!

–¿En serio? Yo creía que era un estorbo.

Fue el frío y la amargura lo que le empujó a acorralarla contra la encimera, y en ese mismo instante, se embriagó del perfume que perseguía sus recuerdos desde aquella noche.

Su mano voló a su mejilla y acarició su suave piel.

–Eres mi esposa –susurró.

Ella abrió los ojos de par en par y su voz al hablar sonó ahogada.

—La boda fue una farsa.

—Hicimos la promesa de permanecer juntos como marido y mujer hasta que naciera nuestro hijo. Firmé un contrato que tú has roto.

—Tú fuiste el primero en romperlo. No me has tratado como a tu esposa. Si de lo que se trata es de vivir contigo un año y luego volver al palacio a esperar a que me entreguen a otro que también me tratará como una molestia irritante, prefiero probar suerte sola.

—Eso no va a ocurrir. Vas a hacer las maletas y vamos a salir de este agujero.

—Tú puedes ir donde te plazca, que yo no me voy a mover de aquí, y menos para ir a esa cárcel que tú llamas tu casa.

—Vas a volver conmigo aunque tenga que llevarte a cuestas hasta el avión.

Ambos habían bajado la voz hasta hablar en susurros. Nathaniel inhalaba su aliento y acabó perdiendo la pelea con su cuerpo. Se rindió a sus demandas.

—¿Por qué quieres que vuelva, si me detestas?

—No te detesto.

Lo que detestaba era lo que había hecho y la angustia que le había hecho pasar. ¿Cómo iba a detestar a alguien que deseaba de ese modo?

—Entonces, ¿por qué me evitas constantemente? Me tratas como a una desconocida, y odio vivir contigo.

En todos los años que hacía desde que se conocían, aquella era la primera vez que veía en ella algo parecido a la vulnerabilidad.

—Intentaba protegerte.

—¿Por qué?

—Creía que era necesario mantener las distancias

porque no quería correr el riesgo de que te enamorases de mí.

Ella lo miró con los ojos entornados, rebosando ira.

—¡Serás arrogante...!

Y lo empujó por el pecho.

Nathaniel dio un paso atrás y se apoyó en la otra encimera, intentando hacer pasar el aire a sus pulmones atorados.

—De eso no tienes que preocuparte.

Los labios que había estado a punto de besar estaban ahora apretados.

Él se rio. ¿A cuántas mujeres había oído decir que no creían en el amor?

—¡No te atrevas a reírte de mí! —estalló ella, acercándose a apuntar a su pecho con el índice—. Solo me acosté contigo porque no había ni una sola posibilidad de enamorarme.

—¡Vamos, Catalina!

—Te deseaba, pero nada más. Llevaba esperando desde los quince años a encontrar a alguien que me gustase y decidí no dejar pasar la oportunidad.

Él la miró sin poder creer que estuviese diciendo algo así.

—No es agradable, ¿eh? —continuó ella—. No es agradable escuchar la verdad desnuda.

En eso tenía razón. Su propia doble moral le estaba jugando una mala pasada, y dijo lo primero que se le ocurrió.

—¿Por qué desde que tenías quince años?

—Porque fue entonces cuando me encontré con una pareja haciendo el amor en el invernadero del palacio.

Aquello le pilló desprevenido, y se echó a reír.

Ella volvió a apuntarle con el índice.

—No fue nada divertido. Fue... —tragó saliva—. Si hubiera sido otra persona quien los hubiera pillado...

Nathaniel no se esperaba aquel giro de la conversación.

—¿Quiénes eran?

—No importa. No me vieron. Y estaba demasiado asustada para quedarme, pero las imágenes se negaban a dejarme en paz. Sabiendo que eran amantes, los observaba cuando no había nadie más a su alrededor.

—¿Era una aventura prohibida?

Ella asintió.

—Muy prohibida. Pero los había visto, y ya no había marcha atrás.

Nathaniel eso lo comprendía bien. Para su tío había sido imposible ignorar lo que había presenciado.

—Cuando los pillé, lo único que pude ver fue deseo. Por eso no podía quitármelo de la cabeza. No sabía que un hombre y una mujer pudieran sentirse así. Nunca había visto nada inapropiado entre ellos y después de aquel episodio, cuanto más los observaba, más consciente era de que estaban enamorados —bajó la mirada y se sorprendió de ver que seguía con el dedo puesto en su pecho—. Terminó mal —concluyó, separándose.

—El amor siempre termina mal.

Ella sonrió mecánicamente.

—Espero que Isabella demuestre lo contrario. Quiere muchísimo a Sebastien, y él a ella. Pero desde que vi a mi...

No terminó la frase e hizo una mínima pausa.

—Solo te di mi cuerpo. El amor es un sentimiento peligroso para una mujer, y más aún para una princesa. Sabía que tendría que entregar mi cuerpo a mi esposo, fuera quien fuese, pero estaba segura de que lo más inteligente sería proteger mi corazón y mis emociones. En mi país, los hombres tienen todo el poder, y no pienso darle a ninguno más de lo que pueda ser suyo legalmente —se irguió—. Y ahora, ni siquiera eso. No quiero el futuro que han planeado para mí. No pienso volver a Monte Cleure. Y tú no puedes obligarme.

Los pensamientos de Nathaniel se aceleraron en busca de un modo de no olvidar por qué estaba allí.

–Muy bonito tu discurso, muy conmovedor, pero te vas a volver conmigo.

Ella negó con la cabeza y sus mechones negros se movieron al compás.

–Tu padre ha emitido una nota de prensa hace cinco días anunciando una investigación de Giroud Developments por supuestas infracciones administrativas.

La bilis se le subió a la boca. Le ponía enfermo saber que mientras él se moría de preocupación por el paradero de Catalina, había permitido que su padre manipulase la situación en su propio provecho.

–Ha confiscado mi urbanización y revocado la escritura del edificio Ravensberg.

Ella no dijo nada, pero su boca formó una «O» perfecta.

–Se ha especulado mucho en Monte Cleure sobre tu paradero. El palacio ha emitido varias declaraciones en tu nombre fingiendo que todo va bien, pero la gente habla. Tu padre quiere que vuelvas, y vas a volver conmigo antes de que los rumores cobren fuerza. Acudiré contigo a la fiesta de cumpleaños de tu padre el sábado de la semana que viene, o perderé mi urbanización y mi casa, además de mi reputación profesional. Si vuelvo a Monte Cleure sin ti, me meterán en la cárcel.

Estaba entre la espada y la pared.

–No puede hacer eso –respondió Catalina, incrédula.

Ahora entendía la breve esperanza que había sentido cuando él le había puesto la mano en la mejilla, y el contraste con la ira de sus ojos. La esperanza de pensar que significaba algo para él...

Pero Nathaniel había ido a buscarla por proteger sus negocios y su libertad.

Dominic tenía que estar detrás de todo aquello. Tenía su huella. Su hermano había esperado a que se presentase la oportunidad de hundir el puñal en Nathaniel, y ella, marchándose, le había proporcionado el impulso que necesitaba para que el giro de la hoja fuera letal.

El futuro nuevo e independiente que había vislumbrado aquellos días perdía intensidad con toda rapidez.

—Es el rey del país —el tono de Nathaniel era burlón, pero la rabia de su mirada estaba bien clara—. Puede hacer lo que quiera, pero fuera de allí, no puede tocarme. Soy ciudadano de Francia y tengo el dinero y los contactos necesarios para luchar contra la extradición que pueda solicitar un dictador de pacotilla como él. Pero mi reputación... sí que puede destruirla sin esfuerzo.

—Hablaré con él. Le diré que lo que está haciendo es deplorable.

—¿Y crees que te va a escuchar? Los dos sabemos que tu palabra ya no significa nada para él, si es que alguna vez lo significó.

Nunca había significado nada, por supuesto; ni siquiera cuando era una hija buena y obediente. La cabeza comenzó a darle vueltas y sintió náuseas.

—Sabía que el peligro vendría de Dominic...

—¿Crees que tu hermano está detrás de esto?

—Mi padre siempre ha sido un hombre estricto y sediento de poder, pero tenía escrúpulos, por lo menos antes. La influencia de Dominic ha ido creciendo a lo largo de los años, y ahora es la primera persona a la que escucha mi padre. Puede que incluso la única —lo miró—. Dominic te odia. Ya te advertí que tuvieras cuidado con él.

—No soy yo quien ha huido y ha puesto en movimiento esta bola. Has sido tú.

Por un momento creyó que iba a acercarse de nuevo a ella. La sensación de estar tan cerca había sido extraña. La rabia latía en el fondo, pero había una ternura en su caricia que la dejó sin respiración.

Pero en lugar de tocarla se cruzó de brazos. Seguía llevando puesto el chaquetón negro de lana y la bufanda azul marino.

—Y ahora depende de ti que todo esto se enderece. Yo he hecho todo lo que se me ha pedido que hiciera y ¿es así cómo me lo pagas? ¿Robándome y huyendo del país con mi hijo en tu seno?

—No sabía que iba a ocurrir esto —admitió ella en voz baja—. Solo quería libertad para mí y para el niño.

—Si me hubieras dicho cómo te sentías, en lugar de huir como una cría culpable, habría intentado ayudarte.

Una nueva oleada de furia le subió hasta la garganta.

—Intenté hablar contigo, pero me ignoraste. Ahora veo que debería haber insistido más, pero me he pasado veinticinco años ocultando mis pensamientos y opiniones, y negando mis propios sentimientos, de modo que no es fácil cambiar las costumbres de toda una vida. Además, tú no me has ayudado precisamente, cortando toda iniciativa mía y negándote a quedarte solo conmigo.

—No intentes echarme a mí la culpa de tus actos.

—No lo hago. Nunca debería haberme llevado tu dinero...

—Olvídate del dinero. Te llevaste a mi hijo.

—Precisamente por su bien me he marchado —se abrazó—. Mi padre no va a vivir para siempre. Un día Dominic ocupará el trono, y no quiero tener que vivir bajo su control. Tú tienes toda la libertad que quieres. ¿Por qué no puedes entender que yo quiero eso mismo para nuestro hijo? Iba a llamarte...

Él se echó a reír, y fue el sonido más amargo que había oído nunca.

–Ya, claro.

–He comprado un teléfono precisamente esta mañana. Mira, aún está cargando. Iba a llamarte para preguntarte qué sientes por nuestro hijo y para disculparme por haberme llevado tu dinero, además de devolverte una parte. No me di cuenta de cuánto me llevaba.

–¿Cómo podías no saber que te habías llevado doscientos mil euros?

–Sabía cuánto era, pero no conocía su verdadero valor. Nunca había manejado dinero. El palacio se ocupaba de pagarlo todo. No tenía ni idea de cuánto podían costar las cosas porque nunca he tenido que pagar nada, ni ir a la compra.

La ira había desaparecido de la expresión de Nathaniel, pero quedaba dureza.

–Tienes que volver conmigo –dijo, pasándose la mano por el mentón–. Es el único modo de que pueda salvar mi urbanización. No pienso permitir que me acusen de fraude.

Si supiera gritar, lo haría, pero ella nunca gritaba. Aunque tampoco había estado en toda su vida tan enfadada, tan frustrada y tan asustada como lo estaba en aquel momento.

–Necesito beber algo –dijo–. Voy a preparar un té. ¿Quieres?

Él la miró como si pensara que había perdido la cabeza.

–¿Me has oído? –preguntó Nathaniel.

–Sí, te he oído –y ahora quería dar voces, algo que tampoco había hecho nunca. Nunca levantaba la voz. Nunca se comportaba de un modo que pudiera no ser propio de una princesa–. Creía haber encontrado mi libertad, y tú quieres arrebatármela.

–No tengo elección.

–Sí que la tienes. Puedes marcharte.

Encendió el calentador de agua.

—¿Marcharme de una urbanización de doscientos millones de euros?

—¿Por qué no? Tienes hoteles, clubes y complejos urbanísticos por todo el mundo. Eres multimillonario.

Colocó dos bolsitas de té en una tetera decorada con flores.

—¿Por eso pensaste que estaba bien llevarte parte de mi dinero?

—No —se sentía tremendamente culpable de haberlo hecho—. Sé que no debería haberlo hecho, pero estaba desesperada. Se me presentó la oportunidad y la aproveché.

—«Se me presentó la oportunidad» —la imitó—. ¿Es eso lo que vas a decir en tu defensa cuando la policía te interrogue?

Capítulo 8

EL HIELO paralizó la sangre en sus venas.

—¿Vas a hacer eso? ¿Vas a llamar a la policía?

—Será mejor que te lo creas —dijo él—, porque, si te niegas a volver conmigo, no me dejarás elección. No quiero amenazarte...

—Pues no lo hagas.

—Hay una cámara de vídeo en mi despacho grabando las veinticuatro horas.

El hielo se volvió sólido.

—Es una medida de seguridad que tomo siempre que tengo grandes cantidades de efectivo en casa por estar los bancos cerrados. En la grabación se te ve perfectamente en camisón, abriendo el maletín, y menos de diez minutos después, vuelves con una bolsa para meterlo todo. Vuelve conmigo y tú misma podrás destruir la cinta.

—Eso es chantaje.

—Lo es. No quiero utilizarlo, pero, sinceramente, me niego a que tu familia destruya todo lo que he construido. Nunca me ha importado mi reputación personal, pero la profesional es otra cosa, y las acusaciones de tu padre pesarán sobre mí hasta que se retracte públicamente, algo que no va a hacer hasta que vuelvas. Y no voy a permitir que mi hijo crezca pensando que soy un delincuente. Te quiero a mi lado durante el resto del embarazo porque no me fío de que, en cuanto no te tenga a la vista, no vuelvas a marcharte con nuestro hijo.

—¿Tanto significa para ti ese niño?

–¿Cómo puedes dudarlo cuando me he casado contigo para poder tener derecho legal reconocido sobre él?

–Te has casado conmigo para proteger tu urbanización.

–Ha habido varios factores, pero créeme si te digo que la urbanización ocupaba uno de los últimos puestos de la lista. Quiero poder tener a nuestro hijo y quiero ser su padre.

Mientras él hablaba, Catalina retiró el calentador del fuego y vertió agua en la tetera. El movimiento hizo que la manga se le fuera hacia atrás y Nathaniel vio un vendaje en la muñeca.

–¿Qué te has hecho?

–Me he quemado con el horno al sacar un estofado, hace un par de días.

–¿Y en los dedos?

–Me he cortado troceando las verduras para el estofado.

Abrió la puerta de la nevera, sacó la leche y sirvió un poco en cada taza. Colocó en la tetera el protector.

Jamás se habría imaginado a Catalina en un entorno doméstico como aquel. Se le encogió el pecho al pensar en que podía hacerse daño.

–¿Y cómo has sabido hacer un estofado?

–Porque sé leer –le espetó–. Y sé seguir instrucciones. Hay librerías en Benasque que tienen libros de cocina.

Movió un poco la tetera, quitó el protector y sirvió el té.

–No te habrás gastado mi dinero comprando porcelana, ¿verdad?

Sin avisar, lanzó el protector de la tetera por encima de su cabeza.

–¿Es esa la opinión que tienes de mí? –le acusó, alzando un poco la voz–. ¿Que soy una princesa inútil que pasa el tiempo preocupándose por cómo es la taza en la que tiene que beber? ¿No se te ha ocurrido pensar que nunca he tenido la posibilidad de elegir algo, y eso incluye las condenadas tazas en las que tenía que beber?

Era lo más parecido a gritar que iba a oír de sus labios.

—Estoy en una situación imposible —respiró hondo—. Me dan igual tus amenazas, porque no puedes obligarme a volver. Estamos en España, y los derechos de propiedad que podrías tener sobre mí en Monte Cleure no se aplican aquí. Soy una mujer libre.

Él casi se rio.

—¿Te consideras libre cuando estás pagando esa libertad con un dinero que me has robado a mí?

—Me llevé tu dinero porque estaba desesperada. Soy tu esposa, y puede que no tenga muchos derechos, pero incluso en Monte Cleure el derecho al bienestar de mi persona y del hijo que llevo dentro es uno de ellos. Así es como lo justificaré —suspiró—. Pero veo que tú también estás en una posición imposible.

—Entonces, ¿vas a volver conmigo libremente?

Su amenaza de avisar a la policía era una fanfarronada, porque no iba a hacerlo, pero también sabía que no podía permitir que se quedara allí. Llevaba a su hijo en el vientre. Era suya.

Aquel pensamiento le pilló desprevenido. Catalina había demostrado ser una mujer de cualidades desconocidas, alguien capaz de robar... lo había hecho para proteger a su hijo, pero daba igual. Podía inventarse todas las excusas del mundo, pero no cambiaría nada.

Nada podría cambiar tampoco lo que él había hecho tiempo atrás, y con ella había pretendido hacerse perdonar los errores del pasado. Había hecho lo correcto con ella. Había intentado protegerla de él y ella había acabado huyendo.

—No tenemos que divorciarnos —dijo.

Nathaniel se quedó boquiabierto.

–En cuanto ponga un pie en Monte Cleure, volverás a ser mi dueño legal. Mis antepasados masculinos redactaron la Constitución de modo que las mujeres de la Casa de Fernández tengamos muy pocos derechos, y eso significa que no tengo capacidad legal para divorciarme. Si te negaras a divorciarte de mí, no hay nada que mi padre pueda hacer, a menos que quiera reformar la Constitución para arrogarse esa facultad. Si no nos divorciamos, no tendré que volver a casarme, y ningún otro hombre tendrá nada que decir en la crianza de nuestro hijo.

Nathaniel la escuchó con los dientes apretados.

–Aunque tengo que admitir que la idea tiene su mérito, no quiero estar casado.

Estaba mejor solo. Siempre lo había estado. Tenía cuanta compañía femenina podía desear, y no necesitaba ni quería más, ni siquiera de la mujer con la que se había casado y que no podía quitarse de la cabeza. De ella, menos que de ninguna.

–Ya sé que no quieres estar casado. Seguro que tienes algún calendario por ahí en el que vas tachando los días que te quedan hasta que llegue el momento en que puedas divorciarte de mí, pero es que no me escuchas. Te digo que yo tampoco quiero estar casada. Ya no. Lo único que quiero es que nuestro hijo tenga la libertad que a mí me han negado, lejos de la influencia de mi familia, y que yo pueda vivir mi vida libremente también. No tenemos por qué vivir juntos y no tendrás que ver cómo otro hombre cría a tu hijo. Por favor, Nathaniel. Preferiría ser monja, antes que una propiedad de otro hombre.

–Podría funcionar –dijo él, asintiendo despacio.

De hecho, cuanto más lo pensaba, más le gustaba la idea. No quería que a su hijo lo tuviese otro hombre. Su odio por Monte Cleure había crecido hasta tal punto que sabía que no iba a ser capaz de hacer más negocios allí.

La tensión que emanaba de ella descendió un poco.

–Tendremos que volver a Monte Cleure para que tu padre pueda ver que estás bien. Lo único que tienes que hacer es parecer arrepentida para que yo pueda recuperar mis terrenos y mi reputación.

Ella asintió y tomó un sorbo de té.

–En cuanto me hayan devuelto la titularidad de la urbanización, la pondré a la venta.

–¿En serio? Pero si aún no está terminada.

–El comprador lo hará. Siempre he sabido que había algo podrido en tu país; ahora ya sé hasta dónde llega ese veneno, y no quiero tener nada que ver con él. Hablaré con los príncipes Kalliakis. Les gusta diversificar sus inversiones, y no son personas a las que tu padre o tu hermano se atrevan a amenazar. Pero no será un proceso rápido –le advirtió.

No quería que pensara que se podía solventar en un par de días.

–Siempre y cuando sepa que lograré mi libertad, puedes tomarte el tiempo que precises. ¿Tú crees que pueden estar interesados en comprarla? Tenía entendido que solo invertían en empresas de nueva creación.

–Normalmente es así, pero Helios fue mi primer valedor en Monte Cleure. Los internados, que unen mucho –añadió, encogiéndose de hombros.

–¿Y qué le ha parecido que nos casáramos si sois tan buenos amigos?

–¿No se lo has preguntado tú?

–No. ¿Por qué iba a hacerlo? Yo no le quería. Nunca he sentido nada por él, pero habría sido una buena esposa.

Nathaniel no se había dado cuenta hasta entonces de que temía que sintiera algo por Helios.

–Estoy seguro de que la comprará, no solo por nuestra amistad, sino porque no le ha gustado cómo ha tratado tu padre a Amy. Por otro lado, ¿eres consciente de que esto puede significar que cortes los lazos con tu familia para siempre? Ahora mismo tu padre me culpa a mí y a tus hormonas del embarazo de tu desaparición. Si nos vamos a vivir a otro país, nunca te lo perdonará.

Percibió un pequeño temblor en su mano cuando se llevó la taza a los labios.

—A mi padre solo le importa la Casa de Fernández y seguir detentando el poder. Nunca le ha preocupado lo que pudiera ser mejor para mí, como tampoco le va a preocupar mi hijo.

Él asintió.

—Entonces, esto es lo que vamos a hacer: cuanto antes cortemos cualquier lazo con tu país, mejor. Termínate el té y haz las maletas. Quiero salir de aquí antes de que se haga de noche.

Apuró la taza y la dejó en el fregadero antes de mirarlo.

—Me gustaría quedarme aquí una noche más.

—No.

—No tenemos que aparecer en público hasta dentro de casi dos días.

—Tenemos que presentar un frente unido cuanto antes.

—¿Qué diferencia puede suponer una noche?

—No puede ser. Haz las maletas.

Catalina se irguió.

—Cuando hablas así, eres igual que mi padre y mi hermano.

—No me parezco en nada a ellos.

—Entonces, no actúes como ellos. El tiempo que dure nuestro matrimonio, el tiempo que finjamos ser una pareja feliz, me tratarás con respeto y como tu igual, aun cuando estemos de vuelta en la misoginia de Monte Cleure. ¿Te queda claro?

Había algo magnífico en aquella airada y decidida Catalina. Habría sido una reina excelente.

El temple que siempre había intuido en ella estaba

creciendo delante de él. Podía ser una ladrona, pero tenía que reconocer que la admiraba por haber sido capaz de liberarse de la caja en que la habían metido tanto tiempo atrás.

—Nunca ha sido mi intención tratarte de otro modo.

Pero admirar no significaba perdonar. Y sus palabras no invitaban a la confianza. ¿Y si volvía a escaparse? ¿Se llevaría consigo a su hijo por segunda vez?

No podía estar seguro, de modo que hasta que naciera el bebé, no iba a poder perderla de vista.

—Debemos irnos ya. El helicóptero nos está esperando.

—Voy a por mis cosas.

Catalina ya había recogido la casa y dejado las llaves en el buzón de la cabaña de al lado, que era la que usaba el propietario, cuando se acercó al coche. Nathaniel estaba quitando la nieve recién caída, una ocupación que parecía aborrecer, cuando sonó su teléfono. Atendió la llamada y suspiró.

—Era el piloto. Hay un problema con el motor.

—¿Tiene idea de cuánto tiempo tardará en repararlo?

—Hasta mañana no cree que lo tenga listo.

—Así que, al final, nos vamos a quedar una noche más.

Eso era lo que ella quería: una noche más en aquel lugar en que tan cerca se había sentido de su madre.

—Nos vamos al aeropuerto. Sube al coche, por favor.

Estaba atardeciendo cuando se pusieron en marcha. Era una imagen que a Catalina la serenaba.

—Si no lo has hecho para fastidiarme a mí, ¿por qué has elegido este lugar para esconderte? —preguntó él, tras unos diez minutos de silencio.

—Mi madre me contaba que ella venía aquí cuando era pequeña. Decía que venir era como estar en Navidad —lo miró. Conducía muy concentrado. Aquellas carreteras de montaña estaban extremadamente bien conservadas y el coche llevaba las cadenas puestas, pero daba la impresión de que no le gustaba conducir por allí–. Pensé que, ya que la Navidad iba a echarse a perder, intentaría capturar su magia aquí.

Él le contestó con un gruñido.

–Y además pensé que mi padre nunca vendría a buscarme aquí. A Isabella y a mí nunca nos dejaron ir a esquiar por si nos estrellábamos contra un árbol y echábamos a perder nuestra bonita cara, y con ello los planes que él tenía para nuestro matrimonio.

Catalina vio que se le volvían blancos los nudillos de apretar el volante.

–¿Por qué a ti te gusta tan poco?

Él no contestó.

–Parece que insinúas que me he venido hasta aquí solo para hacerte daño a ti –insistió ella.

La risa de Nathaniel sonó amarga.

–¡No puedes ser tan inocente como para pensar que me iba a gustar venir a un sitio como este!

–No tengo ni idea de lo que estás hablando.

–Tú conoces mi historia. Fui al mismo internado que tu hermano. ¿De verdad quieres que me crea que no disfrutó contándote cómo perdí a mi familia, cuando se pasó todos los años de colegio relatándome todas las avalanchas que salían en las noticias, como si morir así fuera un entretenimiento para él?

Catalina sintió un frío atroz.

–¿Es así como murieron tus padres?

Él asintió.

–En los Alpes franceses.

–No lo sabía... sabía que eras huérfano, pero...

Negó con la cabeza, incapaz de encontrar palabras que expresasen el horror que sentía.

Rebuscó en la memoria para intentar recordar si alguna vez había oído hablar de ello, o leído alguna reseña por alguna parte, pero Nathaniel era muy celoso de su intimidad, y la prensa no debía de haber encontrado a nadie que quisiera hablar de ello.

Por otro lado, sabía perfectamente bien por qué Dominic no lo había mencionado: porque lo último que querría sería que su hermana sintiera compasión hacia su enemigo más acérrimo.

—¿Cuántos años tenías?

—Siete.

Hubo otro silencio.

—Mis padres se habían llevado a mi hermana, Melanie, a un bar de la estación de esquí a comer algo mientras yo tomaba una clase.

Tampoco sabía que había tenido una hermana.

—¿Y tú lo...?

No pudo terminar la pregunta.

—¿Que si lo vi?

Ella asintió.

—No en el momento preciso, pero lo oí. Dicen que suena como si un tren de mercancías viniese hacia ti, pero no es verdad. Suena como el mismísimo infierno. El bar desapareció. No tuvieron ni la más mínima oportunidad. Murieron todos.

—Nathaniel... —solo podía imaginarse el horror por el que debía de haber pasado. Bueno, no. Tampoco podía imaginárselo. Ella había perdido a su madre teniendo dieciocho años y le había parecido el fin del mundo, así que él que había perdido a su padre, a su madre y a su hermana a la vez en semejantes circunstancias, siendo solo un niño...—. ¿Qué fue de ti?

—Las autoridades llamaron a mi abuela como pariente más próximo, pero ella padecía artritis crónica y no podía hacerse cargo de mí, así que quedé al cuidado de mi tío y su mujer.

Había algo en su voz que le hizo mirarlo, preguntándose qué habría detrás.

–¿No te trataron bien?

Nathaniel redujo la velocidad del coche al acercarse a una curva particularmente cerrada.

–A Angelique no le gustaban los niños y accedió a quedarse conmigo solo si me iba a un internado.

–Eso es muy cruel.

Él asintió.

–Me enviaron en cuanto cumplí los ocho años. Mis padres no eran ricos, pero tenían una póliza de seguro, y con esos fondos se pagó mi educación, que ya sabes que no fue en un colegio precisamente barato.

–¿Por qué en Inglaterra? ¿Por qué no en Francia?

–Mi tío dijo que, si tenía que irme lejos, que por lo menos fuese a la mejor escuela posible, y a Angelique eso le daba igual, siempre que estuviera lejos. Iba a su casa en vacaciones de Navidad y de verano, y siempre contrataban a alguien para que se ocupara de mí.

–¿Viviste con ellos después de la expulsión?

–Durante un tiempo.

–¿Un tiempo?

–Un tiempo.

Catalina hubiera querido insistir, pero por cómo apretaba él los dientes, supo que habría sido inútil.

Ojalá lo hubiera sabido. Debería haberlo sabido.

No era de extrañar que fuera un lobo solitario, pasando de una mujer a otra, de un país a otro, siempre en movimiento. Había perdido el amor y la estabilidad con tan solo siete años. Si lo hubiera sabido, le habría llamado desde el principio. No le habría tenido en la ignorancia llevando como llevaba a su única familia en el vientre.

–¿Cómo reaccionaron a la expulsión? ¿Fueron crueles?

–Mi tío nunca fue cruel. Estaba en Alemania en aquel momento, y fue Angelique la que vino a buscarme.

–Angelique, la que odiaba a los niños.

–Yo ya no era un niño.

–Tenías diecisiete años. En Monte Cleure no se es mayor de edad hasta los veintiuno.

–Creía que ya habíamos dejado claro que tu país es una antigualla arcaica. Yo era una masa de hormonas y rebeldía adolescente, pero no sé si tú entenderás algo así.

–Seguramente no –no podía apartar la mirada de él–. Las hormonas y la rebelión me llegaron más tarde. Para ser exactos, hace algo más de dos meses, cuando cometí el único acto de rebeldía de toda mi vida.

Él la miró brevemente, y la intensidad de su mirada fue tan real y penetrante que sintió un calor tremendo en su interior. Fue la misma mirada que le dedicó antes de bajarle el vestido de los hombros...

Los hermosos recuerdos de aquella noche de rebeldía estaban frescos en su memoria, tanto como cuando salió de su habitación.

Si había algo bueno de tener que volver a su país, era que Nathaniel no la trataba ya como si fuera un fantasma invisible. Estaba furioso con ella y lo aceptaba, pero su ira era cien veces mejor que la indiferencia con que había estado viviendo. Por fin volvía a tratarla como a una persona de verdad, y no como a la princesa perfecta incapaz de prepararse ni una taza de té.

El Nathaniel al que tanto había deseado desde hacía años había vuelto.

Capítulo 9

LA NIEVE caía con más intensidad y Nathaniel tuvo que usar todo su poder de concentración para avanzar por carreteras que se iban haciendo más peligrosas.

Bastaba con llegar al aeropuerto. Su avión les esperaba allí y el personal se ocupaba de mantener la pista perfectamente despejada.

Catalina debía de haberse dado cuenta de que necesitaba concentrarse, porque había vuelto a quedarse callada. Si al menos lograse no ser tan consciente de ella...

Esa era la razón de que hubiera evitado quedarse a solas con ella, porque, cuando eso ocurría, tenía que contener el deseo de acariciar su piel tan blanca, de tomar un puñado de su melena negro azabache y acercársela a la nariz. Sabía que no debía desear a alguien en quien ya no confiaba, aunque una parte de sí aceptara sus excusas, intentara justificar sus actos y se culpara a sí mismo de lo ocurrido.

Pero la conversación que había mantenido con ella había hecho cambiar todo el contexto de su relación. Había empezado a comprender.

—Vamos a tener que buscar un sitio en el que pasar la noche —murmuró cuando llegaban a otro pequeño pueblo. La nieve era tan espesa que el limpiaparabrisas no daba abasto.

—Te dije que debíamos quedarnos en la cabaña —contestó ella, cubriendo un bostezo con el dorso de la mano.

—¿Estás cansada?

—Un poco.

Apenas podía ver nada por el cristal, de modo que paró el coche.

—Espera un momento.

Una señal de neón brillaba en la distancia con la palabra «*Hotel*». Parecía la Estrella Polar, guiándolos. Abrió la puerta del coche.

—Hay un hotel ahí. Voy a ver si tienen habitaciones.

—Voy contigo.

—Es una tontería que vayamos los dos, igual para nada.

Ella elevó al cielo la mirada y se soltó el cinturón de seguridad.

—¿Puedes sacarme la bolsa, por favor?

—Catalina...

—No quiero esperar aquí sola. Seguro que hay habitación para los dos. Ten fe.

La fe era algo que había perdido hacía ya muchos años, en una mañana con tanta nieve como aquella noche.

De los recuerdos que conservaba de su familia, el de la noche anterior a perderlos era el más claro. Estaban en una cabaña de madera, Melanie y él con la nariz pegada al cristal, contemplando la nieve hipnotizados. Era ya de noche y deberían estar en la cama, pero sus padres los habían animado a salir a hacer un muñeco de nieve a la luz de la luna.

¿Sería tan querido aquel recuerdo por ser el último, o porque le recordaba un momento tan feliz? Si cerraba los ojos, aún podía ver la sonrisa pícara de su madre, el brillo de los ojos de su padre y los hoyuelos que se le hacían a su hermana al reírse. Si cerraba los ojos, aún podía oír sus risas en el aire frío de la noche.

Esa era la razón de que evitase la nieve. No había modo de escapar al recuerdo de cuanto añoraba.

Cerró la puerta y se acercó al maletero a sacar la maletita de Catalina y la bolsa de lona donde llevaba el dinero que quedaba. Abrió su puerta y le ofreció la mano.

–Debes de estar congelado –dijo ella, castañeteándole los dientes. La temperatura había caído mucho desde que se subieron al coche–. Toma mi gorro, yo tengo más pelo que tú.

–Estoy bien.

Lo importante era que ella no tuviera frío, y se la veía bien abrigada con sus botas gruesas, aquel abrigo de nieve, un gorro de lana negro y una gruesa bufanda con la que se cubría la mitad de la cara.

Sujetándola con fuerza de la mano, la condujo por la empinada calle hasta el hotel, que al acercarse descubrieron que era un edificio muy agradable de madera de dos plantas. Cuando abrieron la puerta, sintieron una bofetada de calor. Se oía música a lo lejos.

La primera impresión era buena, y aunque aquella recepción espaciosa y cálida no era el lugar más propio para una princesa, sí que lo era para una mujer que quería dejar de serlo.

Nathaniel hizo sonar el timbre y apareció una jovencita de aire asustado.

–¿Podría darnos dos habitaciones para esta noche? –preguntó en castellano. No lo hablaba mal, pero con menos fluidez que otras lenguas.

La chiquilla lo miró y levantó una mano pidiéndole que esperara, y a continuación dijo algo por encima del hombro en una lengua que él no reconoció.

Catalina le dijo algo en aquel mismo idioma, con lo que los ojos de la chica se iluminaron y de pronto todo fueron sonrisas y dulzura entre ellas. Un hombre de mediana edad apareció en una puerta, vio que todo iba bien y volvió a desaparecer.

–¿Tienes tu pasaporte? –preguntó Catalina con cierta

preocupación–. Dice que lo necesita. No sabía que había una ley que obligaba a mostrar el pasaporte en un hotel.

Él contuvo las ganas de reírse.

–Pues los simples mortales hace muchos años que conocemos esa ley.

Entregó ambos documentos a la chica junto con su tarjeta de crédito. Tomó primero el de Catalina y estaba escribiendo los detalles en el ordenador cuando, de pronto, se detuvo, abrió los ojos de par en par y se volvió a mirarlos.

Catalina se acercó a hablarle en voz baja, y la chiquilla asintió vigorosamente.

Unos minutos después, les ofreció una llave con un anticuado llavero y Catalina tomó su mano entre las suyas.

–Estamos en la habitación dieciocho –dijo, mientras se despedía de la adolescente que seguía alucinada–. Y tenemos mesa reservada en el restaurante para dentro de treinta minutos.

Él abrió la puerta y la dejó pasar a un largo corredor.

–¿Tenemos solo una habitación?

–Y hemos tenido suerte.

–¿Por qué no me entendía la chica?

–Porque habla muy poco castellano. Este pueblo se considera catalán y el turismo que tiene es mayormente catalán. Y ella está echando una mano porque la tormenta ha llenado de golpe el hotel.

–No sabía que hablases catalán.

–Mi madre era española y se crio en las dos lenguas. Tanto Isabella como yo usamos el catalán para poder hablar libremente entre nosotras.

–Tu madre era miembro de la familia real española, ¿verdad?

–Prima del rey.

Catalina se detuvo delante de la puerta con el número dieciocho y a Nathaniel le dio por pensar qué clase de secretos tendrían la reina y sus hijas para necesitar hablar en una lengua que nadie más comprendiera.

En realidad, por lo que le había dicho Catalina y lo que él sabía del palacio, poca privacidad había allí.

Recordó lo que le había contado de aquella pareja a la que pilló haciendo el amor, y la imagen de la reina Claudette de negra melena se le vino a la memoria. Por sus palabras, Catalina conocía bien a los amantes. Él la había visto en algunas ocasiones, pero no habían sido presentados.

Su dinero bastaba para que lo invitaran a la corte con la esperanza de que invirtiera en el país, pero solo se le consideraba lo bastante bueno para ser presentado a la princesa, no a la reina. Se parecía más a su hija menor, pero tenía la misma esbelta figura, el mismo porte y serenidad que su hija mayor.

No, la reina Claudette no era la clase de mujer que se rebajaría a hacer el amor en el invernadero. No era un manojo de hormonas como lo había sido él, lo que lo embarcó en una sórdida y cutre aventura.

–Debe de haber sido difícil para ti crecer en un ambiente en el que cualquier movimiento o palabra equivocada tendría consecuencias.

Es mi vida –dijo ella sin más–. Bueno, lo era. Nací rodeada de privilegios. Mi madre nunca dejó que me olvidara de lo privilegiada que era y yo, tampoco. Y aquí está nuestra habitación.

Puso la llave en la cerradura y la hizo girar.

La habitación era sorprendentemente grande y estaba tan limpia como la recepción. Una enorme cama de madera tallada con una piel a modo de colcha lo dominaba todo, logrando que el resto del mobiliario quedase sumido en la insignificancia.

Él se volvió a mirarla.

Ella ya lo estaba mirando.

–Solo hay una cama –dijo Nathaniel sin apartar la mirada, recordando cómo había temblado cuando la había acorralado contra la encimera de la cocina. A él todavía le dolía el cuerpo por los restos de necesidad que le quedaban.

–¿Tienes algún problema con eso? –preguntó ella, mirándolo también a los ojos.

¿Que si tenía algún problema? ¿Un problema, acostarse con la mujer más hermosa y sexy del mundo que había huido de él llevándose al hijo que aún estaba por nacer? Pues sí, se diría que eso era un problema.

En aquel momento, lo único que deseaba era arrancarle la ropa, tumbarla en aquella cama y hundirse en ella. Poseerla. Hacerla suya.

Todo había cambiado. No necesitaba protegerla. Es más, no se merecía que la protegiera, porque quería tomar sus propias decisiones. Si la abrazaba, respondería como lo había hecho la primera vez, con una pasión que le hizo perder el control, olvidarse de las precauciones y tener unos minutos de placer absoluto. Conocía los peligros y los había ignorado, algo que jamás se había sentido tentado de hacer antes de aquel momento que había acabado cambiando sus mundos para siempre.

Si volvía a hacer el amor con ella, no habría necesidad de protección. Podría sentir cada minuto. No había por qué seguir bloqueando el deseo que llevaba años albergando, y que se había intensificado desde la noche que pasaron juntos. Y precisamente era esa intensidad y su potencial lo que le había advertido que se retirara, porque aquello parecía mucho más que mera lujuria.

–¿Tienes tú algún problema en compartir la cama conmigo?

Su mirada de chocolate caliente no se apartó de sus

ojos. Seguía con aquel atuendo de invierno. Solo se había quitado el gorro, pero estaba más sexy que si se hubiera presentado ante él con un *negligée* de encaje negro.

Respiró hondo, y de pronto sintió que la mano de Catalina se apoyaba en su pecho.

–Siento mucho haber salido huyendo con tu dinero.

El calor de su piel le traspasó la ropa y llegó a su torrente sanguíneo.

Una sonrisa asomó a sus labios.

–Sé que piensas que ya no vas a poder fiarte de mí, pero te prometo que nunca volveré a hacer algo así. Voy a confiar en ti, y espero que un día puedas recuperar tú la confianza en mí –entonces una verdadera sonrisa iluminó su rostro–. Seremos tú y yo contra los dirigentes de Monte Cleure. Seremos como *Bonnie and Clyde*.

–¿Quieres abrirte paso a tiros hasta la libertad?

–La metáfora no es buena –respondió, haciendo una mueca–. Aunque la verdad es que no sería la primera vez que pensara en pegarle un tiro a Dominic.

–Entonces, ya tenemos algo en común –replicó él y, con la sensación de estar desconectando una parte de sí mismo, tomó su mano para apartarla y abrió la puerta del baño–. Deberíamos prepararnos para bajar a cenar.

El restaurante del hotel era grande pero oscuro, con mesas de todos los tamaños y formas abarrotándolo, todas cubiertas por manteles marrones.

Catalina miró a su alrededor atónita.

Era la primera vez que estaba en un sitio así. Aquello parecía de otro planeta, casi de una película, pero era maravilloso y aterrador. Toda aquella gente... la recepcionista no había exagerado en cuanto a lo ocupados que estaban.

Un joven se acercó a saludarlos, y el único distintivo de que trabajaba allí era un pequeño delantal negro. Cuando Nathaniel le dio su número de habitación, los ojos se le abrieron de par en par e inmediatamente miró a Catalina. Probablemente la chica de la recepción no había podido dejar de contarles a sus compañeros quién se alojaba en su hotel.

Por lo menos el tiempo era lo bastante malo para evitar que la prensa subiera la montaña y acampara fuera.

Les condujeron a una mesa en un rincón, la única libre que se veía. Hubo unas cuantas miradas, pero, si alguien la reconoció, Catalina no se dio cuenta.

El anonimato había sido fácil de mantener en Benasque. Además, había salido envuelta en ropa y pertrechada con gafas de sol para evitar el sol y la curiosidad. Aquella noche se había dejado los vaqueros puestos, pero llevaba un jersey limpio de color cereza y se había recogido el pelo en una coleta baja. Nathaniel no tenía con qué cambiarse, así que seguía con los vaqueros y el grueso jersey azul marino. La barba le había crecido, lo que le aportaba un toque de peligro que a ella le aceleraba el pulso.

Les llevaron la carta y pidieron la bebida.

Catalina la ojeó.

—Parece caro.

El valor del dinero se había transformado en una especie de obsesión para ella en aquellos últimos días.

—Puedes pedir lo que quieras.

—¿Estás seguro?

Él bajó la carta y la miró.

—Una vez tengamos todo aclarado en Monte Cleure, os compraré una casa al niño y a ti y tendrás una asignación. Hasta entonces yo correré con todos los gastos, así que insisto: elige lo que te apetezca. Y no tienes que pedirme permiso.

A Catalina se le hizo un nudo en la garganta.

–Gracias –musitó–. He estado pensando que, cuando nazca el niño, podría ponerme a trabajar.

Él enarcó las cejas.

–No estoy acostumbrada a no hacer nada. Y necesitaré ganar dinero cuando mi padre me expulse. Lo hará –continuó al ver su expresión–. Cuando nos marchemos de Monte Cleure, me desterrará. Es lo único que les queda a Dominic y a él con lo que castigarme.

–Yo me ocuparé de todo.

–Eso no es justo para ti.

–Hasta ahora, tu padre lo ha hecho.

–Eso era distinto. Con él, era un *quid pro quo*. El palacio corría con mis gastos, y a cambio yo era una princesa que honraba la Casa de Fernández.

–Y ahora vas a ser la madre de mi hijo, así que me ocuparé de ti económicamente.

–Y yo te lo agradezco, de verdad, pero quiero contribuir. No sé estar ociosa.

–¿Qué te gustaría hacer?

–No lo sé. No sé qué podría hacer. Ya pensaré en algo.

Él asintió y volvió a la carta.

–Se te daría bien el sector hotelero.

Su cumplido, aunque pareciese hecho de pasada, le puso un arrebol en las mejillas.

El camarero apareció con las bebidas y una libreta.

Nathaniel pidió un filete con patatas, ensalada y champiñones Portobello, y a Catalina le sonó tan bien que pidió lo mismo.

Cuando volvieron a quedarse solos, le hizo la pregunta que le rondaba la cabeza desde la conversación del coche.

–¿Por qué viviste tan poco tiempo con tu tío después

de la expulsión? Eras muy joven para aventurarte por el mundo tú solo.

Las líneas de su rostro se marcaron más.

—Tenías diecisiete años cuando te fuiste, ¿no?

—Sí.

—¿Cómo te mantenías?

—Con lo que quedaba del dinero del seguro de mis padres. Debería haber pagado un año más de internado, pero mi tío me lo transfirió. Me marché a Marsella y alquilé un apartamento allí. Una caja de cerillas.

En Marsella había empezado su negocio. La parcela que había enfrente de su apartamento estaba a la venta, y contemplándola un buen día, supo lo que iba a hacer. Llamó a Helios, que seguía en el internado, y le contó su idea. Un mes más tarde, la tierra ya era suya. Dos años después, su primera construcción: un hotel de un tamaño decente y un restaurante con club nocturno. Lo vendió todo, pagó a Helios la parte que había puesto y utilizó los beneficios para comprar la siguiente parcela. Con su tercera edificación, ya no debía un céntimo a nadie. Dejó de vender lo que construía en su quinta apuesta, y pudo quedarse con todos los ingresos que devengaba.

Trece años después de aquella llamada a Helios, su nombre figuraba en la lista de los multimillonarios del mundo.

—¿Dónde vivía tu tío?

—En París.

—Eso está al otro lado de Francia.

—Sí.

—¿Por qué te fuiste tan lejos? Me parece raro que decidieras irte tan lejos de la única red de apoyo que tenías, a menos que no te quedara otro remedio.

—No me quedaba otro remedio —contestó él, y se bebió medio vaso de cerveza de un trago.

A continuación se obligó a sonreír, pero no consiguió convencerla.

–¿Qué pasó?

Iba a contestar que no era asunto suyo pero se oyó decir:

–Tuve una aventura con Angelique.

Capítulo 10

CATALINA creyó haberlo oído mal.

—¿Con tu tía?

—No era mi tía. Era la mujer de mi tío, y yo nunca la había considerado otra cosa. Cuando mis padres murieron, me parecía que era la Malvada Bruja del Oeste.

Catalina tuvo la sensación de que la lengua se le pegaba al paladar. No se le ocurría una respuesta. ¿Había tenido un lío con la mujer de su tío?

—¿Te acuerdas de la pelea que tuvimos Dominic y yo, que fue por lo que me expulsaron?

Ella logró asentir.

—Te conté que me mandaron de vuelta a casa de mi tío. Él estaba de viaje, y yo me imaginé que me buscarían una niñera o algo así, pero supongo que Angelique no tuvo tiempo de organizar nada de eso. Tuvo que ocuparse de mí, en lugar de ignorarme —el disgusto de su voz era palpable—. Recuerdo cómo me miró cuando abrió la puerta. Fue la mirada del lobo a Caperucita. Físicamente yo había cambiado mucho ese año. Había crecido y ya tenía músculo. Por primera vez no me ignoró. Me obsequiaba con vino, se arreglaba, me preparaba comidas especiales... yo entonces no lo sabía, pero era el comienzo de la seducción —movió la cabeza—. Mejor no entrar en detalles, pero, cuando se metió en mi cama, yo no estaba en disposición de rechazarla. Era una mujer hermosa en la cresta de su poder, y sabía perfectamente lo que hacía.

Catalina tardó en volver a hablar.

—¿Sedujo a un crío de diecisiete años?

—Sí. Me sedujo. Y yo se lo permití.

—Es repugnante —se escandalizó ella, sintiendo un escalofrío por la espalda.

Él respiró hondo.

—Te lo advertí.

Puso la mano en el brazo de Nathaniel, no fuera a pensar que se refería a él.

—No me refiero a ti, sino a ella. Qué zorra.

Era la primera vez que le oía una palabra así.

—Yo también tuve la culpa. La dejé hacer.

—¡Tenías diecisiete años!

—Con diecisiete años ya sabes distinguir el bien del mal, y yo sabía que lo que estábamos haciendo no solo estaba mal, sino que era repugnante, como tú dices. Mi tío me había acogido desde los siete años y...

—Dejó que te enviase a un internado.

—Hizo cuanto pudo dadas las circunstancias. Estuvo conmigo en los eventos más importantes y así se lo pagué. Estuvimos acostándonos durante seis meses, hasta el día que mi tío volvió antes del trabajo y la pilló saliendo en ropa interior de mi habitación —apuró el resto de la cerveza. Mi tío la echó de inmediato y a mí me dio una semana para que me largase. Dijo que me transferiría lo que quedaba del dinero de mis padres pero con la condición de que me marchase de París y que no volviera a verme.

—¿Y os habéis visto?

—No. He intentado ponerme en contacto con él un par de veces, pero no quiere saber nada. Ahora tiene una vida nueva. Se divorció de Angélique, volvió a casarse, y tiene dos hijos, pero sé que nunca me perdonará. Era la única familia que me quedaba, porque mi abuela había muerto ya, y yo destruí nuestra relación.

La única familia... y ella había huido llevándose al hijo que sería su primer lazo verdadero de sangre que había tenido en una generación.

—¿Alguna vez fuiste tú el que dio el primer paso?

—No —su respuesta fue tan vehemente que lo creyó—. Yo nunca quise que ocurriera. Me ponía enfermo, pero en otro sentido debí de quererlo, porque permití que ocurriera.

Ella asintió despacio.

—Cuando estaba en la escuela, recuerdo a una de las chicas inglesas que hablaba de sus hermanos adolescentes. Decía que eran unos salidos, y que, si alguna vez íbamos a su casa, nos lleváramos cinturón de castidad.

—No me busques excusas.

—No lo hago. Lo que hiciste estuvo mal, sí, pero eras casi un niño. Angelique era una depredadora, y la que tenía la posición de poder. Era hermosa, y tú una hormona con patas.

A pesar de la gravedad del tema, Nathaniel no pudo contener la risa. Nunca había hablado de aquello con nadie, y obviamente su tío tampoco, porque la prensa se habría frotado las manos con algo así. Y Angelique, tampoco.

—La edad de consentimiento en Monte Cleure es dieciocho años. Si Angelique te hubiera seducido allí, la habrían juzgado por estupro, así que, si te sientes culpable de algún modo, te sugiero que lo olvides.

Mirando aquellos ojos de color chocolate teñidos con tanta compasión, recordó todas las razones por las que había mantenido las distancias con ella; la inocencia que había querido ignorar al seducirla y que los había llevado hasta aquella situación.

Una situación a la que ya no podía referirse como un

lío, porque lo que llevaba en el vientre era a su hijo y, en muchos sentidos, eso era un milagro.

–No me puedo creer que te lo haya contado –admitió un instante después.

–No te preocupes. Soy una experta guardando secretos.

Seguro. Al fin y al cabo, llevaba toda la vida viviendo en el palacio de Monte Cleure.

Fue una suerte que la conversación quedase interrumpida con la llegada del camarero.

–Mira, alguien que nunca se ha esforzado en mantener en secreto sus aventuras es mi padre.

Eso era cierto. Todas sus aventuras habían quedado bien documentadas en la prensa a lo largo de los años.

–Y tampoco se ha sentido culpable. Dominic es igual que él: para ellos, las mujeres son posesiones. Tú sientes remordimientos, cuando solo tenías diecisiete años. Eres cien veces mejor que ellos.

El corazón se le expandió de tal modo que tuvo la sensación de que no le cabía en el pecho.

Sin embargo, sentir remordimientos no le hacía mejor hombre. ¿Cómo iba a serlo cuando había pagado el precio de perder lo último que le quedaba de su familia, la única persona que desde la muerte de sus padres había estado siempre apoyándolo?

No consideraba posesiones a las mujeres, pero hasta entonces siempre había sabido cuándo llegaba el momento de pasar página. Ni quería ni necesitaba a nadie. Estaba mejor solo. No se puede herir a nadie estando solo, y tampoco puedes resultar herido.

–¿Cómo asumía tu madre lo de esas aventuras? –preguntó, al hilo de la devastación que había asolado a su tío.

Catalina se encogió de hombros.

–No sé si le molestaba demasiado, al menos a nivel

emocional. No estaba enamorada de mi padre, porque su matrimonio era como el que habría tenido yo.

—Un matrimonio concertado.

—Sí.

Bajó la mirada al plato.

—¿También ella tenía aventuras?

Nathaniel vio que le temblaba un párpado.

—Una mujer en la posición de mi madre nunca tendría una aventura. Tenía demasiado que perder.

Su mirada hizo la siguiente pregunta por él.

—Mi padre tiene todo el poder, y después, Dominic. Mi madre apenas estaba un poco más arriba que yo en la escala de influencia, es decir, casi cero. Si mi padre la hubiera pillado teniendo una aventura, la habría desterrado. Podría separarla de sus hijos. Podría haberle quitado todo. ¿Crees que se habría arriesgado a todo eso por una simple aventura?

Nathaniel negó con la cabeza y Catalina dejó juntos tenedor y cuchillo para apartar el plato.

—Mi madre no tuvo una aventura. Ella se enamoró —lo miró a los ojos—. Fue a mi madre a quien pillé haciendo el amor en el invernadero con el jardinero jefe. Supongo que fue su amor por la jardinería lo que los unió. Lo que sé con seguridad es que no se trató de una aventura sórdida, porque no se habría arriesgado así si no hubiera significado algo especial para ella. Debían de amarse. Cuando cayó enferma ya no podía salir de sus habitaciones para verlo, y estoy convencida de que contribuyó a empeorar su estado. Estaba tan cerca y tan lejos al mismo tiempo que se le partió el corazón. Y a él le ocurrió lo mismo con su muerte. Se suicidó dos meses después.

—¿Alguien más se enteró? —preguntó, atónito—. ¿Tu padre?

—Nadie. Solo yo. Si mi padre lo hubiera sabido, los

habría matado a los dos —se le llenaron los ojos de lágrimas y le tembló la barbilla—. No se lo digas a nadie, por favor. Nadie puede saberlo. No pienso tolerar que su reputación se arrastre por el lodo.

«Nadie puede saberlo». Las mismas palabras que le había dicho al abrirle la puerta de su alcoba.

—No se lo diré a nadie.

—¿Quieres usar tú la primera el baño? —le ofreció, ya de vuelta en la habitación.

El resto de la conversación en la mesa había sido ligera, a diferencia de la química que flotaba entre ellos. Podía saborearla. Podía sentirla. Y ella, también.

Catalina asintió y sacó un neceser de su bolsa.

—No tardaré.

—No hay prisa.

Cuando oyó cerrarse la puerta del baño, se sentó en la cama y se tapó la cara con las manos.

Se oía el ruido del agua al caer en la ducha.

Estaría de pie, desnuda... se dejó caer de espaldas y puso los brazos por encima de la cabeza.

La anticipación bloqueaba sus pensamientos, su cuerpo, sus venas... todo.

Catalina estaba tumbada boca arriba bajo la ropa de la cama con el corazón galopando y la boca seca, intentando no mirar el reloj que había sobre la mesilla.

Pero lo miró.

Nueve minutos y treinta y tres segundos. Ese era el tiempo que Nathaniel llevaba en el baño.

Ella había salido cubriéndose solo con la toalla. En ese momento, él estaba tumbado boca arriba, se había incorporado de golpe y la había taladrado con una mirada que había transformado su cerebro en papilla antes de pasar a su lado para entrar al baño.

Diez minutos y catorce segundos.

La puerta se abrió.

Si antes el corazón corría, en aquel momento voló.

Sus ojos la buscaron.

Solo se cubría con una toalla alrededor de la cadera, de modo que su torso musculoso quedaba al descubierto, que ella tan bien recordaba y que la luz del baño iluminaba.

Sin apartar la mirada de ella, apagó la luz.

La única claridad era ya la de la nieve de fuera. Las nubes se habían despejado y la luna estaba llena y brillante.

Pero no necesitaba luz para verlo claramente. Hacía dos meses que lo llevaba grabado a fuego en la retina.

Se incorporó despacio y dejó que la sábana resbalara hasta la cintura.

Él tragó saliva.

Como una pantera caminó hasta la cama y en un abrir y cerrar de ojos quedó bajo su cuerpo, sujetándole las muñecas por encima de la cabeza.

Le brillaban los ojos y su boca estaba tan cerca que bastaría con que girase un poco la cabeza para poder besarlo.

Le deseaba tanto que había ocasiones en que tenía que contener el aliento por lo que le dolía respirar.

—Bésame —le susurró—. Bésame, por favor.

Sus pupilas se dilataron y el deseo quedó palpable en sus ojos.

—Bésame.

Y sus labios se unieron, su lengua penetró y la besó con tanta pasión que los huesos se le derretían por el calor que se desprendía de su boca.

Le soltó las muñecas y ella le abrazó, hundió las

manos en su pelo y lo tocó como había soñado que lo
haría desde que habían pasado aquella noche juntos.

Nathaniel introdujo una mano en su pelo y con la
otra fue acariciando su costado, dejando un rastro de
fuego en su piel enardecida. Alzó la cabeza y entrelazó
los dedos con los de Catalina.

–Podría comerte entera –dijo casi sin voz.

El pecho de ella se llenó con algo distinto pero igual-
mente intenso.

–Te deseo tanto... –susurró–. Tanto...

Atrapada bajo su cuerpo, con los sentidos más alerta
de lo que se había imaginado que podía ser real, gimió
cuando él le lamió la piel del cuello.

Poco a poco fue recorriendo su cuerpo con la boca
mientras ella intentaba moverse, desesperada por sentir
de él tanto como fuera posible. Cuando alcanzó su seno
con la boca, gimió.

Cada centímetro de su cuerpo estaba vivo, y el calor
salía por los poros. Necesitaba sentirle en todas partes,
sentir sus caricias, su boca. Y necesitaba hacer lo mismo
con él.

En la noche que pasaron juntos, él le había acari-
ciado con la lengua ahí, entre las piernas, algo que la
había dejado sin palabras, y ahora, recordando el placer
que había reemplazado a la sorpresa, se movía debajo
de él con la esperanza de que lo repitiera.

Tantas noches había repasado en la memoria su encuentro. Y tantos días también. Siempre estaba allí, en
un recuerdo cercano, esperando.

Seguía acariciándola con la boca, en el ombligo y
más abajo.

Su respiración se volvió más jadeante y cerró los
ojos, y, cuando él se colocó entre sus piernas, ella suspiró y le dejó hacer.

Sus movimientos eran lánguidos, su lengua acariciaba despacio el centro mismo del placer como si tuviera todo el tiempo del mundo, pero, cuando sintió que la tensión de ella crecía, su respiración se aceleró y le apretó las caderas con las manos.

Aquella tensión casi dolorosa creció hasta llegar a la cúspide, y, cuando su cuerpo explotaba en una maravillosa cascada de ondas, supo que aquella intimidad jamás la compartiría con otra persona.

Aquello era solo para él.

Nathaniel notó el cambio. Había estado moviéndose suavemente, casi sin hacer ruido, y de pronto alzó las caderas, casi como si quisiera levantarse de la cama, y dejó escapar un gemido largo y continuo.

Un momento después, tras un silencio, Catalina levantó la cabeza de la almohada y abrió los ojos, mirándolo maravillada.

–Eres increíble –dijo casi sin voz, y volvió a dejar caer la cabeza.

Una sensación extraña le contrajo el pecho. No había nada de especial en su deseo, pero sí en el que fuese ella quien lo inspirara. Era como si le hubieran inyectado en sangre una dosis de necesidad, de una concentración tal que lo hubiera dejado sin control. Nunca había deseado poseer a alguien de ese modo.

Besándola de nuevo desde el abdomen hacia arriba, pasando por el valle de entre sus senos, inhalando aquel olor glorioso que le volvía loco, llegó de nuevo a su boca.

Ella se agarró a su pelo, abrió las piernas y se aferró con ellas a él, y sin que hiciera falta guiarlo, entró en ella de un solo movimiento.

Catalina gimió, y fue el sonido más dulce que había oído jamás.

Comenzaron a moverse al unísono, en una unión perfecta. Era como si sus cuerpos estuvieran especialmente sincronizados, porque él nunca había sentido algo así. Era como si la sensación estuviera presente en todo su cuerpo.

No quería que terminara. Podía mirar sus ojos, que se abrían más con cada movimiento, escuchar sus dulces gemidos, besarla y hundirse en ella sin fin.

Sintió que el placer de Catalina crecía. Su respiración se hizo más corta y rápida, la vio echar hacia atrás la cabeza y se agarró a su pelo con más fuerza a medida que las pulsaciones de dentro de su vientre parecían tirar de él, hundirlo más en su cuerpo, hasta que ya no pudo contenerse y con un grito que nació de lo más hondo, se dejó ir por el precipicio, moviéndose una última vez. Sus sentidos explotaron con él, envolviéndolo, llevándolo lejos, pero llevándola también a ella.

Durante un tiempo permanecieron así, fusionados, con el único sonido de sus respiraciones. El latido del corazón de Catalina lo sentía él en su pecho. Levantó la cabeza para mirarla y la besó una última vez antes de abrazarla y así, abrazados, se quedaron dormidos.

Un peso en las piernas le hizo abrir los ojos a Catalina. Era un peso maravilloso.

Eran las ocho de la mañana.

Se había despertado varias veces a lo largo de la noche y Nathaniel, como si compartieran el mismo patrón de sueño, también se había despertado y sin palabras, sus bocas se habían buscado y a continuación sus cuerpos, hasta quedar saciados.

Sonrió y le acarició la mejilla.

Estaba sentado en la cama a su lado, con un vaso de agua en la mano y el pelo alborotado.

Su primera noche juntos había sido especial. No solo por ser su primera vez, sino porque era la primera vez que hacía algo tan completamente alejado de lo que se esperaba de ella, y el miedo de que pudiesen pillarlos había estado en el aire de la alcoba. Pero lo de esa noche había sido distinto. El miedo no había estado presente. Solo el gozo.

Nathaniel la estaba mirando como si quisiera preguntarle algo, y ella le devolvió la mirada reparando en cada línea de su hermoso rostro.

Sabía lo que significaba esa pregunta. ¿Habría notado el cambio en sus sentimientos?

—¿Es ahora cuando me recuerdas que tenemos que subirnos a un avión? —preguntó.

Él le besó la palma de la mano y sonrió, aliviando un temor que ella no sabía que estaba ahí.

—¿Puedes estar lista en una hora?

Capítulo 11

NATHANIEL y Catalina bajaron del avión y de inmediato hubo una explosión de flashes. Los recién casados, que se habían mantenido lejos de los focos, acababan de aparecer. Los rumores de que su unión corría peligro habían sido despejados por un comunicado no oficial del palacio y, en aquel momento, por su llegada juntos en el avión.

Mientras la gente, controlada por un estricto control de seguridad, hacía preguntas y enviaba parabienes a su princesa, Nathaniel comprendió por qué su padre estaba tan desesperado por mantenerla controlada.

Catalina era el miembro de la familia real al que la gente amaba. Mientras su hermano hacía lo que le daba la gana por el mundo utilizando la excusa de las visitas oficiales –y muchas no oficiales con destino a determinados establecimientos–, y su hermana pasaba de ser una cría temperamental a una mujer casada que viajaba constantemente acompañando a su marido, Catalina era la que siempre estaba allí para sus súbditos. Visitaba hospicios, inauguraba fiestas, apoyaba públicamente varias organizaciones no gubernamentales, y todo ello mientras asistía a funciones y acompañaba a los dignatarios que iban de visita a su país. La gente de Monte Cleure adoraba a su hermosa y amable princesa. Sin ella, la Casa de Fernández perdería la joya de la corona.

–¿Vas a echar de menos todo esto? –preguntó cuando estaban ya en la seguridad del coche.

–¿El qué? ¿A la prensa?

–Me refiero a ser una princesa. A tener el amor de tu pueblo.

Tardó un momento en contestar.

–Nada de todo esto es real. No me quieren a mí, sino a la imagen que proyecto. Que nuestro hijo esté a salvo de interferencias del palacio es todo lo que me preocupa.

–Estaremos fuera de Monte Cleure antes de que nazca.

El rey le había enviado un mensaje durante el vuelo de vuelta convocándolo a una reunión.

Lo complicado no había hecho más que empezar.

Su vuelta a Monte Cleure no había sido tan dramática como ella se temía. La gente reunida en el aeropuerto le había levantado la moral, y en lugar de ser recibida por guardias armados, su padre le había notificado que la esperaba a comer al cabo de dos días. Nathaniel no estaba invitado.

Él había salido del apartamento apenas poner los pies en él para asistir a una reunión y, cuando volvió, la encontró leyendo la invitación.

–Me imaginaba que esto iba a ocurrir –dijo.

–¿Por qué?

–No te lo he dicho antes porque no quería preocuparte, pero la reunión que he tenido ha sido con tu padre.

–¿Y? ¿Te ha devuelto lo que es tuyo?

Él negó con la cabeza.

–Ha dicho que lo hará después de su fiesta de cumpleaños. Hemos acordado volver a reunirnos el lunes siguiente. Me devolverá la titularidad y emitirá un comunicado de prensa retirando las acusaciones de fraude.

–Es un comienzo.

–Esta invitación es para asegurarse de que, a partir

de ahora, no te vas a salir de la línea que te marque. Tienes que convencerlo de que lo sientes.

—Puedo hacerlo.

Él la miró pensativo.

—¿Qué pasa?

—Creo que deberías darme tu pasaporte para que lo guarde en sitio seguro.

—¿Por qué?

—Por pura intuición. Que te hayas escapado ha sido tu segundo acto de rebeldía en cuestión de meses, y sospecha. Él y Dominic.

—¿Estaba allí?

Nathaniel asintió con los dientes apretados. Había estado presente en la reunión, con cara de perro de presa.

El rey había llevado la voz cantante, pero sin duda era Dominic el que movía los hilos.

—Me gustaría quedármelo yo, gracias.

El pasaporte era suyo; el único documento que le garantizaba la libertad.

—Me parece bien, pero tienes que convencer a tu padre —insistió él—. Tienes que demostrarle que vas en serio en cuanto a respetar tu parte del trato. Se tiene que creer que sigues dispuesta a casarte después con el aristócrata que él elija. En cuanto me devuelva los títulos de propiedad, puedo ponerme manos a la obra con la venta.

Catalina asintió. Convencer a su padre sería fácil. Se había pasado la vida presentando una fachada para su familia y el mundo, y no sentía remordimientos al hacerlo. A su padre le importaba más la Casa de Fernández que ella y su hijo, algo que no estaba dispuesta a olvidar. No podía olvidarlo.

—Haré lo que sea necesario, pero...

—¿Qué?

—La próxima vez que te reúnas con mi padre, o con quien sea que tenga que ver conmigo, no me mientas.

–No te he mentido.

–Tampoco me has dicho la verdad. No quiero seguir estando protegida.

–No estoy acostumbrado a rendir cuentas de lo que hago.

–Y no es eso lo que te pido. Solo que me cuentes lo que pueda afectarme a mí. Somos un equipo, ¿recuerdas?

–*Bonnie and Clyde* –sonrió–. Vale. No lo olvidaré.

Quien de verdad se alegró de la vuelta de Catalina fue Clotilde, que estaba de permiso cuando llegaron. Dos días más tarde se presentó con una sonrisa que podría haber dotado de energía eléctrica a todo el país, pero, cuando le dijeron que no iba a ser su doncella, la sonrisa se borró.

–Pero a mí me gusta hacer cosas para usted –dijo, cariacontecida.

–Lo sé, y te agradezco todo lo que has hecho y lo que aún harás, porque seguiré necesitando una acompañante mientras esté aquí, pero quizás un poco menos... atenta, ¿de acuerdo?

–De acuerdo –Clotilde volvió a sonreír, y se inclinó hacia ella en actitud conspiradora–. Julie me ha dicho que Nathaniel ha dormido esta noche aquí con usted.

–¿Ah, sí? –respondió, consciente de que el rubor de sus mejillas iba a ser la mejor confirmación.

Su primera noche de vuelta en Monte Cleure habían salido a cenar a un hotel, y durante la cena Nathaniel la había entretenido con historias de sus días de internado, de personas y costumbres extrañas propias de las personas que había conocido a lo largo de sus viajes por todo el globo. Y al volver al apartamento, él se había servido una copa. No podría decir quién había dado el primer paso, pero habían acabado el uno en brazos del otro, y Nathaniel, como uno de aquellos caballeros de las películas en blanco y negro, la había llevado en brazos al dormitorio...

–Sí, me lo ha contado –continuó Clotilde–. ¿Significa eso que...

–No significa nada –se apresuró a decir ella–. ¿Querrías cepillarme el pelo?

Sabía lo mucho que la joven deseaba hacerlo, y resultó ser el truco perfecto para distraerla. No tardó en dejárselo brillante y peinado en un moño francés.

–He estado practicando –se enorgulleció.

Catalina eligió con cuidado su atuendo, y deseó haber aprovechado el ofrecimiento de Nathaniel de ir de compras. Cuando pensaba en toda la ropa que se había quedado en el palacio, colgada allí, sin tocar, le daban ganas de llorar ante semejante dispendio.

Acabó eligiendo un sobrio vestido negro que le llegaba a la rodilla, con cuello y manga larga, se calzó unos zapatos negros sin tacón y salió.

Le parecía de lo más adecuado ir a comer con su padre vestida para un funeral.

La bienvenida que le dispensaron en el palacio fue un alivio. Los cortesanos, miembros de la familia y algunos otros estaban allí para recibirla. Debían de saber que había escapado, y las amenazas que se habían hecho contra Nathaniel para obligarla a volver. No es que les importase, porque lo único que les preocupaba era su posición dentro de la Casa de Fernández, pero sus sonrisas y sus buenos deseos parecían auténticos, y eso le abrigó el corazón más de lo que se había imaginado.

También fue un alivio ver que la mesa del comedor privado de su padre se había dispuesto solo para dos.

–¿No come Dominic con nosotros? –preguntó, después de haber intercambiado un frío abrazo.

La sonrisa de su padre era demasiado forzada para confiarse.

–Tu hermano está en una visita de estado al Reino Unido –contestó en tono de reproche, como dando a entender que debería saberlo.

–Claro.

Esperó a que su padre se sentara para hacerlo ella.

Durante los primeros cinco años después de la muerte de su madre, Catalina y su padre habían hecho todas las visitas de estado juntos. Sabía que habría preferido llevarse a su favorita, Isabella, pero era demasiado joven. Se habían llevado bien, pero la cercanía que esperaba lograr con su padre había sido imposible. Su corazón estaba demasiado cerrado y solo tenía un espacio limitado para el amor. Menos mal que por lo menos había podido contar con el amor de su madre. De eso no tenía la más mínima duda.

A Dominic le encolerizaba que la hermana a la que detestaba tuviese un estatus tan alto en la familia, y aún más lo exasperaba que el mundo la adorase. Sus intrigas con el rey habían logrado su propósito y ahora era él quien hacía la mayor parte de las visitas de estado, posicionándose para ser el heredero al trono.

–Volverá el viernes. Sé que está deseando verte en la fiesta de mi cumpleaños.

Catalina sonrió. Eso era lo único que se esperaba de ella: una sonrisa de aceptación, de aprobación o de lo que fuera adecuado para cada situación.

Les llevaron el primer plato. Un cortesano probó la crema de champiñones, y, cuando su padre quedó satisfecho con que el hombre no cayera muerto a sus pies, comenzó a comer.

–Ese Giroud –comentó entre sorbos–, ¿te está tratando mal? ¿Es por eso por lo que has huido?

–No está siendo un matrimonio fácil –dijo ella, bajando la mirada para que no pudiera leer la verdad en sus ojos.

La respuesta le gustó porque sonrió.

–Ese hombre es un animal.

Catalina apretó un puño.

–Sí. Siento haberme escapado, padre, pero no veía otro modo de solucionarlo. Detesto vivir con él.

–Mírame, Catalina.

Alzó la mirada y se encontró con sus ojos oscuros, tan parecidos a los de ella, pero cargados de malicia.

–Siempre has sido una buena chica. Por eso decidí que te casaras con Giroud, en lugar de desterrarte como quería tu hermano. Supongo que entenderás que Dominic solo quería lo mejor para la Casa de Fernández.

–Claro.

–Bien –el rey sonrió–. Eres un estimado miembro de la familia, pero no toleraré más incidentes. Lauren te acompañará de vuelta a tu casa y le darás tu pasaporte. Lo guardaré en sitio seguro hasta que tu bastardo haya nacido y te cases con Johann. Ha accedido a casarse contigo. Tu honor será restaurado.

Con el corazón golpeándole contra el pecho con tanta fuerza que le costaba trabajo hablar, dijo:

–No lo tengo. Nathaniel... Giroud lo ha confiscado. No confía en mí –añadió.

El instinto de Nathaniel no se había equivocado. Su padre no se fiaba de ella.

El rey respiró hondo y luego dejó ver su dentadura.

–Tráelo cuando vengas a la fiesta. Si no lo haces, haré que lo detengan de inmediato.

Debía de haber visto algo en sus ojos, porque su sonrisa se transformó en una mueca.

–No me subestimes, Catalina. Puede que esté cediendo parte de mi poder a tu hermano, pero sigo dirigiendo este país y a todos los que viven en él.

Nathaniel supo que algo iba mal nada más verla subir al coche. Había concluido pronto su reunión con los abogados para poder estar allí cuando saliera. No le había hecho gracia que fuese al palacio sola, pero los dos sabían que, si querían que su plan tuviera éxito, tenían que actuar con normalidad.

–¿Qué ha pasado?

Ella se encogió de hombros y miró por la ventanilla.

–Que ha acordado mi siguiente matrimonio.

–¿Con el duque sueco?

–Sí.

–No te preocupes, que eso no va a ocurrir –dijo, y la miró un momento antes de añadir–: a no ser que hayas cambiado de opinión.

–No –se volvió a mirarlo y sonrió, pero la sonrisa se quedó en los labios–. Ya sabes que no es ese el futuro que quiero para nuestro hijo.

Nathaniel respiró hondo, tomó su mano y la besó en los nudillos que se había herido y que sanaban con rapidez.

–¿Hay algo más que te preocupe?

–Las joyas de mi madre. Creo que no voy a lograr recuperarlas.

Volvió a besar su mano. Ojalá pudiera hacer algo para remediarlo, pero a menos que organizara un asalto al palacio, poco más podía hacer.

–¿Te gustaría visitar un Club Giroud la semana que viene? –le ofreció para distraerla.

–Dominic me dijo que eran sitios depravados.

Él se rio.

–Tu hermano no puede saber lo que son. Tiene prohibida la entrada.

–¿En serio?

–No dejo que entre la chusma.

Catalina se echó a reír. Era la primera vez que Nathaniel escuchaba aquel sonido dulce y musical de sus labios, y le llenó por dentro del mismo modo que lo hacía su olor.

Catalina cerró los ojos. Quería llorar. O mejor, aullar, pero no podía hacer ninguna de las dos cosas.

Su padre la tenía exactamente donde quería que estuviera. Él lo sabía, y ella también. Su compromiso fallido con Helios había acabado con el posible afecto que su padre tuviera por ella, creando un vacío por el que Dominic destilaba el odio que sentía hacia ella.

Estaba sola en el baño, disfrutando de la libertad que suponía poder lavarse sola el pelo y pensando que en poco menos de un año, Marion u otra acompañante de palacio estaría a su lado, porque una princesa no podía lavarse sola el pelo, cuando de pronto se le ocurrió lo que debía hacer.

Viajaron a Marsella en el avión privado de Nathaniel, y desde allí, un coche los trasladó hasta uno de los hoteles más famosos de la ciudad, el Hotel Giroud. El primer proyecto que había acometido y el catalizador de la fortuna que había adquirido en las décadas siguientes.

–Creía que lo habías vendido al terminarlo –comentó Catalina mientras entraban en el lujoso vestíbulo.

–Volví a comprarlo hace cinco años. Lo tenían desatendido y yo lo rehabilité.

–Es precioso.

Era también muy decadente. Rezumaba dinero.

El personal de recepción se puso en alerta en cuanto vio llegar al jefe, pero Nathaniel los saludó con una sencilla sonrisa y palabras de aliento por su buen trabajo antes de conducirla a un despacho de la parte de atrás. Al lado había un ascensor. Nathaniel tecleó un código, las puertas se abrieron y entraron.

Un instante después salieron, y le costó un momento acostumbrar la mirada a la penumbra. Entonces parpadeó. Y volvió a parpadear.

—¿Qué es esto?

Estaban en un espacio inmenso y cavernoso con un precioso suelo de tarima de roble, y en el centro había una barra de bar circular con una pulida barandilla de cobre que resaltaba contra la madera oscura. Docenas y docenas de hombres y mujeres bien vestidos estaban tomando copas. Muchos más llenaban las mesas de ruleta y naipes estratégicamente distribuidas en la estancia y otros se sentaban a mesas normales, charlando.

Como telón de fondo había música, que se transmitía a las plantas de los pies por la vibración de la madera.

—Esto, *mon papillon,* es el Club Giroud.

Ella se volvió a mirarlo.

—No sabía que formaba parte del hotel.

—Solo los miembros del club saben dónde se encuentra, y solo los socios y el personal que trabaja aquí conocen el acceso. Hay un ascensor privado que sube desde el aparcamiento.

Catalina había oído hablar de los clubes privados de Nathaniel, pero nunca había estado en uno. El club que pudiera poseer un conocido mujeriego no era lugar adecuado para una princesa virgen.

—¿Qué esperabas? —preguntó el, riéndose—. ¿*Strippers* y camareras en *topless*?

–Más o menos.

–Los fines de semana tenemos actuaciones para adultos, pero nada que no sea adecuado para los ojos de una princesa –y acercándose para hablarle al oído, añadió–: Hay un reservado que alquilo a los miembros del club. Algunas de sus fiestas se han vuelto un poco salvajes.

Había algo en aquella atmósfera, en la música y la sensación de tener a Nathaniel tan cerca que la estaba dejando casi sin aliento.

–Ven –le dijo, tomando su mano–. Déjame que te lo enseñe y que te presente a todo el mundo.

Estuvieron más de una hora charlando con unos y con otros. Catalina conocía a algunos, que no disimularon su sorpresa al verla allí, algo que al final, acabó pareciéndole divertido.

–Es como si les resultara impensable verme fuera de mi hábitat –le dijo a Nathaniel en voz baja.

–Es que siempre ha habido un aire muy místico en ti –respondió, y le acarició un costado–. ¿Quieres ver mi despacho?

–Me gustaría ver mucho más que eso.

No tenía ni idea de dónde habían salido esas palabras. A medida que habían ido pasando los días, su deseo de él crecía. Era ya un ansia.

Dentro de muy poco tendría que renunciar a su pasaporte, a su billete a la libertad, y entregárselo a su padre.

En unas cuantas ocasiones había estado a punto de contárselo, pero no lo había hecho porque no sabía cómo reaccionaría. El sexo entre ellos era ardiente y apasionado, pero eso no significaba que sintiera por ella algo a otro nivel.

No podía soportar la idea de lo que iba a ver en su mirada cuando le dijera que no iba a poder abandonar Monte Cleure jamás. No podría soportar ver indiferencia.

Pero por su hijo sí que albergaba sentimientos. De eso estaba convencida.

Cuando le hubiera entregado el pasaporte a su padre, le revelaría su plan. Nathaniel y el niño estarían bien. Ella no podría salvarse, pero sí conseguiría salvarlos a ellos.

Nathaniel, con los ojos brillantes, la condujo a una puerta con un cartelito de *Privado*.

Era un despacho normal, como el que tenía en su piso, dominado por una gran mesa y poco más.

No necesitaba más en realidad, pasando tan poco tiempo como pasaba en cada sitio.

Y en aquel momento, solo se necesitaban el uno al otro.

Le rozó el cuello con los labios y con una mano le agarró una nalga.

—No tenemos mucho tiempo, a menos que quieras que la gente empiece a preguntarse qué hacemos aquí.

A Catalina le palpitó un pulso familiar en el vientre, como si su cuerpo se estuviera preparando para el placer.

—Pues, si tenemos poco tiempo, sugiero que lo aprovechemos bien —susurró.

—¿Ah, sí? —murmuró él, apretando su seno con la otra mano y luego bajando hasta más allá del vientre, por encima de la tela del vestido.

—Desde luego. En realidad, como princesa de Monte Cleure, lo exijo.

Nathaniel se bajó la cremallera de los pantalones y liberó su miembro, que le rozó el muslo provocando otro latigazo de sensaciones.

—¿Y qué exigís, Su Alteza?

—Os exijo a vos.

Nathaniel tiró de su braga de encaje que, con facilidad, cayó a sus pies.

–En ese caso, me tendréis.

Y sin más ceremonias la penetró, gimiendo al llenarla con un solo movimiento.

Sujetándola por las caderas comenzó a moverse con movimientos cortos y duros que resultaban absolutamente eróticos. No la besó, sino que permaneció mirándola a los ojos con una intensidad que la penetró tanto como su pene. Conocía su cuerpo a la perfección.

Ocultó la cara en la curva de su cuello y, cuando llegó el orgasmo, sus gritos de placer se ahogaron en su piel. Con los temblores aún sacudiéndola, Nathaniel se echó hacia atrás y se estremeció hasta que el pulso fue cediendo y la abrazó para pegarla a su cuerpo.

Hasta aquel momento, siempre se habían tomado su tiempo para hacer el amor. Habían explorado cada centímetro el uno del otro y las inhibiciones que ella hubiera podido tener, habían desaparecido.

Él era cuanto quería, y todo lo que necesitaba. Ahora sabía que llevaba años enamorada de él. Creía que iba a ser capaz de resistirse al amor. Su arrogancia le había hecho pensar que podía inmunizarse a ese sentimiento. Quizás su madre también había sentido aquello mismo por su amante. ¿Se habría resistido a la atracción como ella? Seguramente. Conocía los riesgos mejor que nadie.

Pero al amor le importa poco el peligro o la fuerza de voluntad. Se te cuela bajo la piel tan sutilmente que ni te enteras, y una vez llega al corazón es imposible de erradicar.

Y ahora que ya lo tenía ahí, se ocuparía de él con todo. Si para proteger a Nathaniel y a su hijo tenía que someterse de por vida a la voluntad de su padre y de su hermano, que así fuera.

Capítulo 12

LAS CELEBRACIONES por la onomástica del rey era algo que todo el país esperaba, y aquel año no iba a ser menos. Catalina dudaba que hubiese alguien más entusiasmado que Clotilde, y eso que no estaba invitada.

Para ella, la excitación residía en vestir a Catalina de princesa, y se desanimó cuando le dijeron que Aliana no tardaría en llegar para ayudarlas, por orden expresa del rey.

En un primer momento ambas se midieron con la mirada, pero enseguida comenzaron a charlar, lo cual fue una agradable distracción para Catalina, que sentía crecer los nervios en el estómago. Las náuseas de las que ya creía poder olvidarse, habían vuelto.

Aliana había puesto la última horquilla en su peinado y colocado el último rizo cuando llamaron a la puerta.

—Será Nathaniel —se entusiasmó Clotilde, y corrió a abrir la puerta—. ¡No puedo esperar a ver qué cara se le queda!

Desde luego que fue algo digno de verse. Sus ojos verdes se abrieron de par en par.

—Estás preciosa —dijo.

Levaba un vestido largo azul acero de escote cerrado y con unas finas hombreras de lentejuelas. Los zapatos eran plateados y reflejaban la luz cuando se movía. Era demasiado pronto para que el embarazo fuese evidente, pero su cuerpo había cambiado considerablemente.

Tenía los senos más llenos, la cintura más redondeada.
Todos los signos estaban ahí para quien quisiera prestarle atención, y sin duda aquella velada iba a recibir mucha atención. Muchísima.

La única atención que ella quería era la de Nathaniel, que llevaba una chaqueta de esmoquin que le quedaba a las mil maravillas y que recordaba vagamente a espías y licor.

Entró en la alcoba y le entregó un estuche plano y alargado.

Ella lo abrió con un ligero temblor en las manos. Era una gargantilla de oro con un zafiro en talla de diamante colgando en el centro.

—¿Es para mí? —preguntó casi sin voz.

—¿Te gusta?

—Me encanta.

Clotilde prácticamente saltaba de alegría.

—Me hizo que le describiera su vestido para poder elegir algo que le quedara bien.

—¿Quieres que te la ponga?

—Por favor.

Se dio la vuelta y parpadeó varias veces, intentando contener las lágrimas que se agolpaban en sus ojos ante un regalo tan inesperado y reflexivo.

Cuando terminó, la besó en el cuello y la hizo volverse.

—¿Estás lista?

Ella asintió y compuso su gesto sereno de siempre.

El palacio refulgía contra el cielo nocturno de Monte Cleure. Una fila de coches aguardaba para depositar en la entrada a los invitados. Nathaniel miró por la ventanilla y se preguntó de dónde había salido el miedo que le encogía el estómago.

Catalina iba en silencio, aferrada a su bolso de mano plateado como si temiera soltarlo.

Estaba verdaderamente deslumbrante. Su verdadera princesa.

Pero había un matiz en su porte que le hacía pensar que había algo más de lo habitual. Lo había notado desde el día en que comió con su padre, y no era la primera vez que deseaba que no estuviese tan bien entrenada para no mostrar sus pensamientos.

Ya no temía que huyera con su hijo. No podría decir por qué, pero sentía una confianza ciega en ello. Estaba empezando a confiar en ella.

Por fin llegaron al patio de armas del palacio. Los cortesanos estaban allí para ayudarlos a bajar del coche, y, cuando vieron que se trataba de la princesa, redoblaron su atención y fueron conducidos al salón de la recepción sin más espera.

El rey y su heredero estaban saludando a los invitados con una copa de champán, y, cuando vieron a Catalina y Nathaniel, se acercaron a ellos con una sonrisa de bienvenida y hielo en la mirada.

Todo el mundo los miraba.

—Feliz cumpleaños, padre —lo felicitó Catalina, haciendo una leve reverencia.

El rey abrazó a su hija y la besó en las mejillas. A continuación, le tendió la mano a Nathaniel, que se la estrechó.

Dominic también le ofreció su mano con la misma sonrisa que le dedicaría un león a una presa que estuviera a punto de devorar, y él se conformó con estrechársela con cuanta fuerza fue capaz.

Luego tuvo que ver cómo el hermano besaba a Catalina en las mejillas y que ella le susurraba algo al oído que hizo sonreír a Dominic.

Solo Nathaniel vio que ella arrugaba levemente la

nariz. Los dos tenían mucha práctica comportándose en público y nadie podía decir que no eran dos hermanos bien avenidos. Ninguno de los presentes podría decir que aquel saludo no era el de una familia feliz.

El ánimo de Catalina iba flaqueando a medida que avanzaba la velada. Ver tantas copas de champán pasando a su alrededor le hizo desear poder tomarse una, o cinco. La ayudarían a pasar la noche.

Cuantos más invitados iban llegando, más difícil le resultaba mantener la máscara en su sitio. Estaba acostumbrada al escrutinio, pero aquella noche lo sentía todavía más, como si le hubieran puesto una lupa encima y todo el mundo mirase a través del cristal, diseccionando su cuerpo.

—Necesito pedirte prestado a tu marido un minuto —dijo su padre cuando los invitados comenzaban a entrar en el salón de baile.

Catalina miró a su esposo. Su mirada era serena. «Estaré bien», parecía decirle.

Y así iba a ser. Ella se aseguraría de que así fuese.

Con el corazón en la garganta los vio salir juntos. Dominic iba detrás.

Justo cuando creía que la noche no podía empeorar, Marion apareció a su lado en cuanto entró en el salón de baile.

—¡Estás fabulosa! —exclamó—. Veo que ya estás comiendo por dos.

Lo que daría por poder borrar de una bofetada aquella sonrisa arrogante.

—Tengo mucho que contarte —continuó, ajena a los pensamientos de Catalina, y procedió a ponerla al día de las habladurías del palacio.

No era más que charla insustancial, pero irse empa-

pando del veneno y del regodeo con que le relataba las
desdichas de los demás era como alambres de espino
que se le clavaran en la piel. La gente seguía acercándose a ella, interrumpiendo el monólogo de Marion
para saludarla y comprobar con sus propios ojos si eran
ciertos los cientos de rumores que corrían por ahí.

Tenía la sensación de que sus pulmones se estaban
encogiendo y de que el aire era cada vez más denso.

—Necesito aire fresco —dijo, y sin darle tiempo a
Marion a responder, dio media vuelta y escapó a un
amplio corredor, al final del cual había una terraza que
daba a la playa privada del palacio. Allí respiró el aire
salado, levantó la cara y dejó que la brisa le refrescase
la piel.

Pero la paz que buscaba allí le fue negada. Unos
pasos se acercaban.

—¡Pero si es la preciosa Catalina!

—Vete, Dominic.

—Ese no es modo de hablarle a tu hermano —replicó,
apoyándose en la balaustrada junto a ella.

Catalina movió la cabeza, deseando que fuera una
mosca a la que pudiera espantar.

—No me ignores —dijo Dominic en tono amenazador—.
¿Tienes el pasaporte?

—Sí.

—Dámelo.

—Se lo daré a nuestro padre.

—Te digo que me lo des.

Catalina respiró hondo y se volvió a mirarlo.

—Se lo daré a nuestro padre después. Tú no eres mi
dueño, Dominic. Ya no. Pertenezco a Nathaniel y no
tengo por qué acatar órdenes tuyas.

Pasara lo que pasase en el futuro, no iba a volver a
permitir que su hermano la intimidara.

La agarró por la muñeca antes de que pudiera evitarlo.

–Siempre tan serena y tan templada –se burló él–. La princesita perfecta. La favorita del pueblo. Pero yo siempre he sabido la verdad sobre ti.

–¡Suéltame!

Él apretó más.

–No estás en disposición de decirme nada.

–Si no me sueltas, grito.

La miró fijamente. No estaba acostumbrado a que le replicase. Si gritaba la gente acudiría.

–Quítale las manos de encima a mi esposa.

Dominic se quedó inmóvil.

A medio metro de ellos, alto y amenazador, estaba Nathaniel.

Dominic soltó su mano y se irguió.

–Si vuelves a ponerle la mano encima a mi esposa, te...

–¿Qué? –se burló Dominic–. ¿Piensas pegarme por una simple puta?

Algo oscuro desfiguró el rostro de Nathaniel, y su brazo salió disparado hacia delante como una bala. El puño fue a contactar con el abdomen de Dominic con tal fuerza que el príncipe se dobló y cayó al suelo.

Nathaniel se agachó para decirle:

–La próxima vez, será en la cara.

Se incorporó, tomó de la mano a Catalina y echó a andar.

–Tenemos que irnos.

–No podemos.

–Lina, tenemos que irnos ya. No tenemos mucho tiempo.

Ella se soltó y se detuvo. Miró hacia atrás y vio que su hermano empezaba a levantarse.

–No deberías haber hecho eso –gimió, aterrada–. Habrá consecuencias.

–Por eso tenemos que irnos ya –insistió, y tomó su mano–. ¡Vamos!

–Antes tengo que hacer una cosa.

–Si es entregarle el pasaporte a tu padre, ya puedes ir olvidándote.

–¿Lo sabes?

Él asintió. Estaban ya en la puerta del palacio, que seguía abierta de par en par para permitir la entrada a los rezagados.

–Dominic lo mencionó cuando tu padre pretendía distraerme. No pudo resistirse a decirme que volvían a tenerte controlada. Tienes el pasaporte aquí.

No era una pregunta.

–¡Te detendrán! –exclamó ella, deteniéndose otra vez–. ¿No lo entiendes? ¡No confía en mí, y, si no le doy el pasaporte, hará que te encierren el resto de tu vida!

–Antes tendrá que encontrarme.

Tirando de su mano sin la violencia de su hermano, bajaron las escaleras y, al llegar abajo, Catalina tuvo que correr para avanzar a su ritmo.

Un coche largo hizo brillar varias veces las luces.

Solo cuando estuvieron sentados atrás y el chófer aceleró, Nathaniel se permitió respirar.

–¿Se puede saber por qué le has pegado? –se le enfrentó Catalina, con la voz aguda por el miedo–. Dominic puede hacer que te maten.

–No me importa lo que me haga. ¿Cuánto tiempo hace que te maltrata?

La tensión que inmediatamente se apoderó de ella le confirmó lo que hacía tiempo que se imaginaba.

–Catalina... –insistió cuando ella pareció replegarse sobre sí misma–. Te he hecho una pregunta. Dado que acabo de añadir el cargo de traición a los demás delitos que supuestamente he cometido en este país, lo menos que puedes hacer es contestarme.

–Me resulta duro hablar de ello –dijo casi sin voz–. Me parece casi una traición.

–Olvídate de la lealtad, que tu familia no sabe lo que eso significa.

Otro largo silencio se abrió entre ellos, pero al final Catalina asintió.

–Dominic... sí, alguna vez me ha pegado, pero casi siempre sin dejarme marcas.

–¿Lo sabe tu padre?

–No lo sé. Dominic me ha odiado desde que nací, y mi padre rara vez hizo algo para parar su crueldad cuando éramos niños –una sonrisa triste apareció en su cara–. Dominic me odiaba porque al nacer yo, le robé la atención de nuestra madre. No me malinterpretes, que nunca me ha dado una paliza. Lo que pasa es que las mujeres de la Casa de Fernández deben ser sumisas ante los hombres de su familia, pero no tiene derecho a maltratarme, y pienso ponerle fin en cuanto vuelva al palacio.

–¿Cómo?

–Gritaré. Le sacaré los ojos. No está acostumbrado a que le plante cara o a que le devuelva la agresividad.

–No harás ninguna de esas cosas porque no vas a volver a poner un pie en el palacio.

¿Cómo podía sorprenderle que hubiera escapado en cuanto se le presentó la oportunidad? La Casa de Fernández era más venenosa de lo que se imaginaba.

–Tengo que hacerlo, o lo perderás todo.

–Creía que no querías que nuestro hijo se criara allí. ¿Cómo vas a poder entonces...?

–Serás tú el que críe a nuestro hijo –le interrumpió.

–¿Qué?

–Lo tengo todo pensado. Mi padre espera que sigamos juntos hasta que nazca el bebé, y quería retirarme el pasaporte porque no se fía de mí, pero eso no significa que tú no puedas salir del país. Iba a tener al niño aquí y entregártelo para que te lo llevaras lo más lejos de Monte Cleure que pudieras.

La incredulidad que habían suscitado sus palabras era tal que se había quedado mudo.

–Y ahora lo has echado todo a perder –se lamentó Catalina, y rompió a llorar–. ¿Por qué has tenido que pegarle? ¡No se habría atrevido a hacerme daño, con tanta gente!

–¿Ibas a entregarme a nuestro hijo?

Eso era todo lo que podía pensar: que había planeado entregarle al niño.

Catalina asintió con las lágrimas corriéndole por las mejillas.

–Era el único modo de que los dos estuvierais a salvo.

A lo lejos se oyó ruido de sirenas. No sabía si es que los perseguían, pero bastó para que Nathaniel pasara a la acción, y bajó el cristal que los separaba del chófer.

–Al helipuerto –rugió–. ¡Rápido!

Acto seguido, llamó a la empresa a la que solía alquilarle los helicópteros y les ofreció un cuarto de millón de euros si podían tener listo en diez minutos un piloto que los llevase a Francia.

Era imposible llegar a la frontera, después de haber atacado al heredero al trono en su propio palacio.

Llamó a Alma para que reuniera al personal, recogieran sus efectos personales y los de Catalina, tomaran su avión privado y se reunieran con él en Marsella de inmediato. Sin preguntas.

Cuando Dominic se regodeó en el comentario sobre el pasaporte de Catalina, comprendió de inmediato su cambio de aquellos días y supo que tenía que sacarla del país.

En cuanto su reunión con el monarca concluyó, ya que solo quería establecer su dominación en un acto, había llamado a su chófer para decirle que lo preparara todo para llevarlos a Francia.

Pero ya no había posibilidad de llegar a la frontera.

El piloto estaba preparado y estuvieron en el aire en cuanto se abrocharon los cinturones de seguridad.

Cuando debían de estar tan solo a doscientos metros de altura, Nathaniel vio por la ventanilla media docena de sirenas de camino al helipuerto.

No respiró tranquilo hasta que entraron en el espacio aéreo francés.

Catalina no había pronunciado una sola palabra. Iba sentada rígida, y las lágrimas le rodaban por las mejillas en silencio.

—Estamos a salvo.

—Nunca vamos a estarlo —respondió ella, y bajó la mirada.

—El poder de tu padre solo existe dentro de las fronteras de Monte Cleure.

Nathaniel bajó la mirada y se frotó las sienes. Se le estaba formando un buen dolor de cabeza.

—¿Dónde quieres ir? —le preguntó unos diez minutos después.

Ella lo miró sin comprender.

—Nombra un país. Cualquiera. Un lugar al que siempre hayas querido ir, o en el que ya hayas estado y te guste. Di uno.

—Estados Unidos —susurró tras una pausa—. Nueva York. Siempre he querido ir allí.

—¿Nueva York en un loft?

Ella asintió, y otra lágrima rodó mejilla abajo.

—Entonces, a Nueva York.

Capítulo 13

EL PERSONAL de Nathaniel les aguardaba en el aeropuerto, en una sala privada, todos blancos como la cera.

En cuanto entraron, se dirigió directo a Clotilde.

—Vas a volar con Catalina a Nueva York.

La joven asintió solemne.

—Pasaremos la noche en mi hotel —continuó, dirigiéndose a los demás—, y, cuando el avión vuelva, nos iremos a...

Sintió un tirón en la manga. Catalina, más pálida que ninguno y con los ojos enrojecidos, preguntó:

—¿Es que no vienes conmigo?

Él apretó los dientes.

—Me voy a Agon.

—Puedo ir contigo.

—No. Aquí es donde nos separamos. Si no eres feliz en Nueva York, encontraremos otro sitio.

—¿Nos separamos? ¿Qué quieres decir?

Nathaniel cerró los ojos un segundo.

—Aquí es donde ponemos el plan en marcha. Todo de lo que hemos hablado. *Mon papillon*, a partir de ahora eres libre. Sé que es bastante más dramático de lo que nos habíamos imaginado, pero las cosas han salido de esta manera impredecible.

—Pero... ¿y tú? Mi padre no te ha devuelto los documentos, ni ha retirado la acusación de fraude.

Por su culpa, no iba a poder poner un pie en Monte

Cleure jamás. Todo por lo que habían luchado, estaba perdido. Y por su culpa.

Él se encogió de hombros. Eso ya no importaba.

–No tengo esperanzas de recuperar nada, y no me importa. Lo importante es tu seguridad y la del bebé. ¿Tienes la tarjeta de crédito que te di?

Ella asintió aturdida.

–Tiene crédito ilimitado. Compra lo que necesites. Lo que sea.

–Puedes venir conmigo –susurró Catalina–. Podemos ser una familia.

El corazón le latió furioso a Nathaniel al imaginárselos a los tres juntos. Era una imagen que se había negado a contemplar antes porque le parecía demasiado fantástica, pero entonces miró su carita, dulce y llena de lágrimas, y sintió un dolor en el pecho tan intenso y potente que le llegó al corazón.

Había querido a su familia con todo su puro e inocente corazón y los había perdido. Había querido a su tío, que había hecho cuanto había podido por tratarlo como a un hijo, pero había traicionado su amor del modo más vergonzoso y también lo había perdido.

Perdía a todos los que amaba.

Respiró hondo y negó con la cabeza, negándose a pronunciar las palabras que se le formaban en la boca, negándose al clamor de su corazón.

No se la merecía, y prefería morir antes que hacerle daño.

–Me pondré en contacto contigo dentro de unos días, y Clotilde sabe cómo contactar conmigo si es necesario.

Catalina tardó una eternidad en darse cuenta de que aquello era una despedida. Ahí se separaban sus caminos. En el futuro solo hablaría con él sobre lo que atañese al bebé, y solo lo vería cuando fuera a visitarlo o a llevárselo para las vacaciones. Los sueños que nunca se había atrevido a poner en palabras habían quedado al descubierto y habían sido rechazados.

Cuando por fin asimiló lo ocurrido, Nathaniel ya no estaba. Solo Clotilde permanecía a su lado.

—¿Dónde ha ido? —preguntó.

Clotilde negó con la cabeza.

—No lo sé.

Catalina empujó la puerta y miró a su alrededor. No había mucha gente en el aeropuerto, de modo que se podía distinguir perfectamente a las personas. No lo vio.

Sus pulmones, sus cuerdas vocales se abrieron antes de que pudiera darse cuenta de que gritaba su nombre.

—¡Nathaniel!

La gente se paraba a mirarla.

Comenzó a correr, gritando su nombre una y otra vez, empujando a la gente, tropezando con maletas, hasta que unos brazos la sujetaron por la cintura. Entonces gritó más fuerte que nunca y fue cuando supo que no era él, sino Clotilde, que lloraba como ella.

Sus guardaespaldas se materializaron allí, y con una delicadeza que no parecía encajar con su corpulencia y su fuerza, la llevaron en brazos a la sala privada en la que esperarían su vuelo.

Nueva York estaba bien. Ahora que empezaba a recuperarse, le gustaba bastante estar allí, en el loft de Manhattan, al que le habían puesto severas medidas de seguridad. Aun así le habían dicho que, si no le gustaba, había al menos una docena más que podía mirar.

Pero estaba tan cansada que no era capaz ni de pensar, y había decidido acostarse allí. El tardío sol de una mañana invernal la despertó al día siguiente, y aunque estaba desorientada y con el corazón destrozado, sintió una especie de paz, y decidió quedarse.

Ya había pasado un mes desde aquella mañana.

Fuera donde fuese, los guardaespaldas la seguían, pero sabían hacerlo sin molestar. En ocasiones paseaba por Times Square o Central Park y se olvidaba de que estaban allí.

Su desaparición había salido en las noticias. Tan descontrolados estaban los rumores, espoleados sin duda por el palacio, que había llamado para dejarle a su padre un mensaje en el que le pedía que detuviera toda aquella locura y que se olvidara de las acusaciones contra Nathaniel si no quería que le vendiera a la prensa la ropa sucia de la Casa de Fernández. A continuación se había presentado en la redacción de uno de los periódicos de mayor tirada de Nueva York para emitir una declaración, que había preferido filmada en lugar de escrita para mayor autenticidad. En ella decía que se había marchado de Monte Cleure por voluntad propia y negaba con vehemencia que su esposo fuese responsable de alguna clase de fraude. De hecho, había insistido en decir que era un buen hombre. Y en cuanto a los rumores de que estaban separados, ella solo quiso decir que le deseaba lo mejor.

Lo que no había mencionado era que tenía un agujero en el corazón que no tenía ni idea de cómo iba a lograr repararlo.

Aquella mañana había salido a dar un paseo por el National Museum. Ni siquiera los magníficos artefactos que había en él lograban mantener su atención durante apenas unos minutos, pero estaba decidida a no caer en la agonía que había sufrido su madre. Tenía un bebé en el que pensar. Un bebé al que ya había sentido moverse, y por el que haría cualquier cosa, incluso renunciar a él si era necesario. Pero Nathaniel se había ocupado de que no fuera necesario.

Volvió a casa y llamó a Clotilde, pero no recibió respuesta.

Era raro. Clotilde había vuelto a su acostumbrada alegría nada más poner un pie en Nueva York. Desde luego, era un regalo del cielo para ella.

–¿Clotilde? –insistió, pero no era ella la que se levantó del sofá.

Tardó lo que le pareció una eternidad en comprender lo que estaban viendo sus ojos.

–Nathaniel –susurró.

No había vuelto a verlo desde el día del aeropuerto. Tampoco habían hablado, pero se comunicaban de otro modo. Le había comprado aquel loft y abierto una cuenta bancaria a su nombre.

Él intentó sonreír y se metió las manos en los bolsillos. Se diría que llevaba el peso del mundo sobre los hombros.

–Clotilde ha salido. Espero que no te importe que me haya presentado así.

–No, no. Claro que no. Es que no te esperaba. ¿Cómo estás?

Nathaniel sonrió, aunque con tristeza.

–Bien, bien.

–¿Quieres beber algo?

–Estoy bien, gracias. He tomado café con Clotilde.

Ella asintió.

–Dice que estás bien.

–Hacemos lo que podemos –contestó ella, pero de pronto supo que ya no podía aguantar más charla insustancial–. ¿Por qué has venido?

–Tengo algo para ti.

Señaló el buró que había en un rincón. Sobre él, había un pequeño cofre.

Un poco aturdida, se acercó y lo abrió. Eran joyas. La parte que le correspondía de las joyas de su madre.

–No he querido enviártelo por mensajería –explicó él, sin moverse de donde estaba.

Catalina eligió un colgante rosa que siempre le había gustado vérselo puesto a su madre y se lo acercó al corazón.

Cuánto significaba para ella...

Nathaniel lo había hecho por ella. Había rescatado las joyas de su madre. Ahora tendría algo que pasarle a su hijo, algo de la bella abuela que no iba a poder conocer.

–¿Cómo lo has logrado?

–He llegado a un acuerdo con tu padre.

–¿Has estado con él? –preguntó, alarmada.

–No estoy loco del todo –respondió él–. Envié a mi abogado. A cambio de esas joyas he firmado un documento por el que me comprometo a no denunciar a la Casa de Fernández por difamación.

–¿Puedes llevarlos a los tribunales? –preguntó Catalina. No se le había ocurrido que fuera posible.

Él se encogió de hombros.

–Tu país tiene muchos intercambios comerciales con Europa, y era posible hacerlo, pero esta era la gota que colmaba el vaso. Helios ha influido en el Senado de su país para imponer un veto a cualquier miembro de la Casa de Fernández. Tienen prohibida la entrada en Agon. Y ahora estaba a punto de imponer un embargo comercial a Monte Cleure. El mundo está empezando a darse cuenta de la pudrición que hay tras el trono, así que tu padre ahora carece de fuerza.

–Gracias.

Fue cuanto pudo decir. Sentía ganas de llorar, pero se contuvo, no había vuelto a hacerlo desde el vuelo a Nueva York. Todas sus lágrimas se habían secado.

—También tengo un mensaje que te envía tu padre a través de nuestros intermediarios.

—¿Ah, sí?

—Dice que si vuelves a casa podrás vivir como quieras.

—Qué amable —respondió Catalina con sarcasmo—. Podré vivir como quiera mientras el polvo vuelve a asentarse y luego Dominic y él volverán a someterme a su control.

—Si es que tardan tanto.

Se miraron a los ojos. Los dos sabían bien de lo que su padre era capaz, y que ni ella ni su hijo serían libres si volvían a poner un pie en Monte Cleure.

—¿Eso era todo? —preguntó. Si hubiera podido prepararse para aquella visita, se habría podido colocar su antigua máscara de serenidad. No estaría mirándolo de ese modo, intentando no arrojarse a sus pies y rogarle que se quedara.

—Eso era todo —contestó él, pero no hizo movimiento alguno—. Gracias por el vídeo de la ecografía

Le había pedido a Clotilde que le enviase una copia. No se veía demasiado bien, a pesar de estar tomada la imagen con la última tecnología, y dado que el bebé se lo estaba pasando de maravilla jugando con los brazos y las piernas como para quedarse quieto para la foto.

—De nada.

Entonces sí se movió. En unos cuantos pasos, se plantó ante la puerta, y ella lo vio marchar sin palabras de despedida. Sin beso de despedida. Solo con el sonido de su corazón al hacerse pedazos.

Esperó a que la puerta se cerrara para dar rienda suelta por fin a las lágrimas que había estado conteniendo.

Nathaniel estaba parado delante de la puerta. No debería haber ido. Se había jurado que le dejaría a Clotilde las joyas y que se iría, pero estar tan cerca de ella...

No podía irse sin verla y sin constatar con sus propios ojos que estaba bien.

Cuando la envió a Nueva York, no era su intención estar tanto tiempo separado de ella, pero su principal preocupación era alejarla de Monte Cleure, cuanto más lejos, mejor.

Pero luego le contaron lo que había ocurrido en el aeropuerto cuando se marchó: Catalina llamándolo a gritos, buscándolo, inconsolable.

Las palabras que había dicho antes de que se fuera... «Podemos ser una familia» no dejaba de oírlas en su cabeza. Llevaba sin familia casi treinta años, y, si se marchaba ahora, nunca sabría si...

Nunca sabría si los gritos y la angustia de Catalina habían sido por...

Pero de pronto se dio cuenta de otra cosa: se había mantenido alejado porque tenía miedo. Había estado aterrado desde la primera noche que pasaron juntos, e ir allí con el cofre de las joyas había sido la excusa que buscaba sin ser consciente de ello.

Su miedo de hacerle daño a ella... todo estaba mezclado. En realidad, tenía miedo de que fuera ella quien le hiciese daño a él.

Si seguía andando... nunca sabría lo que podía ser tener una familia.

De pronto dio media vuelta y entró en el salón.

Catalina no se había movido de donde la había dejado.

—¿De verdad estabas decidida a entregarme al bebé? —preguntó.

Ella asintió con los ojos muy abiertos.

—¿Por qué?

–Ya te lo dije. Porque no veía otro modo de que estuviera seguro.

–¿Y habrías confiado en mí para lograrlo?

–No hay otra persona en la faz de la Tierra a la que le confiaría a mi hijo –respondió ella con calma.

–En el aeropuerto, me dijiste que podíamos irnos juntos y ser una familia. ¿Hablabas en serio?

Catalina asintió. No podía hablar.

–¿Y qué piensas ahora?

–Yo...

–¿Catalina?

–Sigo pensando igual –susurró.

De pronto estaba delante de ella, pero ni siquiera recordaba haber avanzado.

Le levantó la barbilla con delicadeza para que lo mirase.

–Te he echado de menos.

Aquellos ojos del color del chocolate se abrieron de par en par.

Con el pecho comprimido, dijo las palabras que sabía que tenía que decir si quería encontrar la felicidad que tanto miedo le había dado.

–Llevo enamorado de ti desde siempre. Es la única razón que en un principio me empujó a trabajar en tu país. Quería estar cerca de ti, pero no lo sabía. Desde la noche en que estuvimos juntos, no he dejado de correr, pero creo que ya no puedo seguir haciéndolo. Estás en mi corazón de tal modo que... que no sé qué hacer. Lo que sí sé es que nunca he sentido tanto miedo como cuando te escapaste, y nunca me había sentido tan vacío como este mes que he pasado sin ti. Me decía que no quería hacerte daño, pero la verdad es que eres tú la que tienes la capacidad de hacerme daño a mí, y mi corazón lo sabía. He perdido a todas las personas a las que he querido, y me daba mucho miedo dar el paso.

Tenía miedo de admitir mi amor. Miedo de perderte a ti también –tomó su cara entre las manos con la intención de que sintiera la emoción que había en sus palabras–. Pero, si no doy ese paso de fe, ¿cómo voy a saberlo? ¿Cómo vamos a saberlo los dos? Quiero que seamos una familia: tú, yo y el bebé, pero hace tanto tiempo que no la tengo que... no sé cómo hacerlo.

Esperó a que dijera algo; ella abrió la boca, pero no dijo nada.

–Si me quieres, dímelo, por favor. Porque yo te quiero. Te necesito. Sé que no te merezco, ni a ti ni la felicidad que pretendo, pero...

–No vuelvas a decir eso –lo interrumpió Catalina–. Lo que pasó hace veinte años es pasado ya. Se acabó. Los dos hemos estado huyendo del amor porque solo hemos conocido el dolor que puede provocar. Tú perdiendo a tus padres, a tu hermana y después a tu tío. Yo, viendo a mi madre destruida por amor y experimentando el dolor de perderla... ¿cómo no vamos a tener cicatrices? Eres el único hombre al que he querido, el único al que he deseado y el único al que he necesitado. Te juro que nunca le entregaría mi corazón a nadie, que lo protegería en mi pecho para siempre, pero tú te has metido en él tan profundamente que...

Con un suspiro se puso de puntillas y acercó sus labios a la boca que tantas veces había soñado y respiró su aliento, y él el suyo, y en un segundo estaban el uno en brazos del otro, apretados de tal modo que ninguna fuerza habría sido capaz de separarlos.

Mucho, mucho tiempo después, los dos desnudos en la cama, entrelazados brazos y piernas, Catalina dijo con suavidad:

–Ni tú ni yo sabemos cómo ser una familia. Tú no la

has tenido, y el ejemplo que he tenido yo es el peor posible.

—Tendremos que hacer nuestra propia versión —respondió Nathaniel, acariciándole la mejilla—. No pensaba que necesitara ser salvado, pero tú lo has hecho. Eres todo mi mundo —volvió a besarla—. Te quiero —le dijo junto a la boca.

—Y yo te quiero a ti —declaró Catalina rodeándole el cuello con los brazos—. Para siempre.

—Para siempre.

Siempre.

Epílogo

CLAUDETTE balbuceó.

—Chica lista —la aduló Nathaniel en voz baja, frotando su nariz contra la de la pequeña.

La niña siguió balbuceando y le dedicó una sonrisa desdentada.

—Ahora tienes que volver a dormirte. Mamá tiene que descansar.

Hubo más balbuceos.

Nathaniel revisó el pañal y dio gracias a Dios por que no se lo hubiera ensuciado en su guardia. Conocía a Aliana —que se había presentado de buenas a primeras en su casa anunciando que había dimitido de Monte Cleure— y a Clotilde, y las dos se habían nombrado a sí mismas «niñera», con lo cual habrían discutido por ver quién se lo cambiaba. Pero la noche era un momento íntimo, un tiempo solo para él, Catalina y su hija.

Dejó a Claudette en la cuna, revisó el intercomunicador y salió de la habitación.

Al volver a meterse en la cama en la habitación de al lado, le llegaron más balbuceos a través del monitor, un sonido feliz que nunca se cansaría de escuchar.

Catalina se dio la vuelta y le pasó una mano por la mejilla.

—Feliz Navidad, amor mío.

—Feliz Navidad, *mon papillon*.

Y por primera vez en casi treinta años, Nathaniel supo que aquella iba a ser una Navidad feliz.

Nevaba sobre la ciudad de Nueva York, lo que haría las delicias de los niños al despertar. Y las suyas.

La nieve ya no evocaba los crueles recuerdos de todo lo que había perdido. Su pasado era ahora un contraste para todo lo que había ganado. Su esposa, su hija, su familia.

La noche anterior, el rey se había presentado acompañado por una corte de sirvientes preguntando si podía conocer a su nieta.

Sabiendo que no podía tocarlos estando allí, pero manteniendo una saludable cantidad de medidas de seguridad por si acaso, lo dejaron entrar y vieron cómo Claudette le derretía el corazón. Bueno, solo se lo descongelaba un poco.

—¿Quieres ahora tu regalo? —le preguntó a su esposa, acurrucándose contra su cuello.

—¿Es grande?

Nathaniel pegó su erección al muslo de Catalina.

—Enorme.

Y ella lo abrazó entre risas.

Sí. Estaba siendo una Navidad verdaderamente feliz.

Bianca

**Era su tutor, y la intimidaba, pero aun así...
¡se moría por sus caricias!**

Tras la trágica muerte de sus
amigos Clothilde y James,
Izar Agustín había sido nombrado, por el deseo que ambos habían expresado en su
testamento conjunto, tutor
legal de su hija, la pequeña
Liliana Girard Brooks.

Lo que no podría haber imaginado entonces el dominan-
te empresario era que con el
paso de los años aquella chiquilla se convertiría en una
seductora mujer.

Liliana, que llevaba todos
esos años obsesionada con
su atractivo aunque frío y
esquivo tutor, decidió una
noche, con la esperanza de
hacer añicos sus ingenuas
fantasías y sacárselo de la
cabeza, dejarse llevar por el
deseo y entregarse a él. Sin
embargo, las consecuen-
cias de esa noche de pasión
acabarían uniéndolos... para
siempre.

OBSESIÓN PROHIBIDA

CAITLIN CREWS

¡YA EN TU PUNTO DE VENTA!

Bianca

Solo quería una esposa, pero algo vibró en su oscuro corazón...

Fríamente despiadado y profundamente cínico, Apollo Metraxis era uno de los solteros más cotizados del mundo. Pero, cuando descubrió que el testamento de su padre lo obligaba a casarse y tener un hijo para recibir la herencia, Apollo se vio empujado a hacer algo impensable.

La sencilla Pixie Robinson era una mujer a la que Apollo no hubiese mirado dos veces, pero las deudas que había contraído su hermano la convertían en una mujer maleable y por tanto candidata a ser su esposa. Sin embargo, descubrir la inocencia de Pixie durante la noche de bodas tocó una escondida fibra en su oscuro corazón y Apollo se vio obligado a recapacitar.

Y eso fue antes de descubrir que Pixie estaba esperando no solo uno sino dos herederos de la familia Metraxis.

HIJOS DEL INVIERNO

LYNNE GRAHAM

2